Jorge Luis
Borges

Prólogos con un prólogo de prólogos

序言集以及序言之序言

[阿根廷] 豪尔赫·路易斯·博尔赫斯 著

林一安 纪棠 等 译

上海译文出版社

目 录

序言之序言

我认为，并不需要说明"序言之序言"不是一个希伯来文最高级的短语，一如"歌之歌"[1]（路易斯·德·莱昂[2]就是这么写的）、"夜之夜"或"王之王"之构成。这仅仅是托雷斯·阿杰罗出版社[3]将一九二三年至一九七四年间散刊各处的序言编选成集后，排印在书前的一页文字。不妨说，这是一次序言的平方。

大约在一九二六年，我迷上了一本散文集（书名我就不提了）。也许是为了让我们共同的朋友吉拉尔德斯高兴，瓦莱里·拉尔博[4]对该书丰富多样的题材大为赞赏，认为独具南美作家特色。这件事确实有其历史根源。在图库曼[5]大会上，我们决定不再当西班牙人；我们的任务是，像美国一样，建立一种不同的传统。在那个我们已经与之脱离的国家寻找传统，显然是有悖情理的；而在一种想象中的本土文化中寻找传统则更是不可能的和荒谬的。但我们却命中注定挑中了欧洲，特别是法国（就连美国作家爱伦·坡，也是由波德莱尔和马拉美介绍，来到我们中间的）。除了血统和语言这两种传统，法国比任何一个国家对我们的影响都大。据马克斯·恩里克斯·乌雷尼亚[6]的意见，墨西哥城和布宜诺斯艾利斯是现代主义的两大首府，它革新了种种不同的文学，而西班牙

1　指《圣经·旧约》的《雅歌》。

2　Luis de León（1527—1591），西班牙作家。曾翻译并评论《雅歌》。

3　布宜诺斯艾利斯的一家出版社。

4　Valery-Nicolas Larbaud（1881—1957），法国小说家、文学评论家。

5　阿根廷北部的一个省。1816年拉普拉塔河联合省国会在此宣布脱离西班牙，国家独立。

6　Max Henríquez Ureña（1886—1968），多米尼加诗人、评论现代主义的学者。为多米尼加作家佩德罗·恩里克斯·乌雷尼亚的胞弟。

文则是其共同的工具；但如果没有雨果和魏尔兰，则是难以想象的。后来，现代主义越洋过海，启发了西班牙许多杰出诗人。在我的少年时代，不懂法文几乎被认为就是文盲。随着岁月的流逝，我们从法文转向了英文，又从英文转向了无知，其中包括我们对自己使用的西班牙文的无知。

在校订本书的时候，我发现在那些今天被人理直气壮地遗忘的书里，洋溢着一种热情。纳粹主义之父卡莱尔的烟与火，还没有完全构思好《堂吉诃德》第二部的塞万提斯讲的故事，法昆多的天才神话，沃尔特·惠特曼声震新大陆的宽厚嗓音，瓦莱里令人愉快的技巧，刘易斯·卡罗尔的梦中棋局，卡夫卡爱利亚学派式的迟缓，斯维登堡笔下巨细靡遗的天国，麦克白的喧哗与骚动，马塞多尼奥·费尔南德斯笑容可掬的神秘主义以及阿尔马富埃尔特无望的神秘主义，都在这里听到了回声。我重读并审查了全部序文，但昔人与今人已不可同日而语，谨请允许我补作几条后注，对前文所述，一置可否。

据我所知，至今尚未有人就序言提出一种理论。没有理论，倒也不用伤心。因为大家都知道这是怎么回事。在微弱多数的情况下，序言近似于酒后的致词或者葬礼的悼词，不负责任地极尽夸张之能事，读之令人怀疑，但又认为此乃该类文字之惯常做法。也有一些别的例子（让我们回忆一下华兹华斯附在他的《抒情歌谣集》第二版正文前的那篇令人难以忘怀的论文吧）是来阐明和论证一种美学的。蒙田散文那动人、简练的前言并不是他令人钦佩的作品的不令人钦佩的篇幅。许多未被时间忘却的作品的序言是正文不可分割的一部分。在《一千零一夜》里（或者按照伯顿的意见，叫做《一千零一夜之书》），那个讲述国王每天上午杀王后的第一个故事并不亚于以后讲的故事；那一长溜朝圣者，虔诚地骑在马上讲述的参差不齐的《坎特伯雷故事》，很多人认为马队游行是全书最生动逼真的故事。在伊莎贝拉时代[1]的舞台上，序言就是演员介绍剧情的开场白。我不知道提一下卡蒙斯[2]怀着如此幸福的心情提及史诗中仪式般的召唤"我要说的是战争和一个人的故事"[3]，是否合适：

武器和英勇的男爵。[4]

只要全书安排得当，序言就不是祝酒词的次要形式，而是评论的一个侧面。不知道我这些汇集了这么多看法、写作

---

1 指西班牙女王伊莎贝拉（1451—1504）当政时期（1474—1504）。
2 Luís Vaz de Camões（1524—1580），葡萄牙诗人、作家。
3 原文为拉丁文。出自《埃涅阿斯纪》。
4 原文为葡萄牙文。

时间拉得又这么长的序言，别人是看好还是与之相反。

在审读这一篇篇已然忘却了的稿子的时候，我产生了策划另一本更加有味儿、更加好的书的念头，把它献给愿意实施我这一打算的人。我想，这要求更加干练，更加锲而不舍的人来完成。大概是在一八三几年吧，卡莱尔在他的《旧衣新裁》里煞有介事地说，一位德国教授把一部有关服装哲学的学术著作交给了印刷厂；而他把该书的一部分翻译了过来，作了评论，还做了一点修改。我正隐隐约约地看到的我这本书，性质也是类似的。它将收编一系列并不存在的书籍的序言，也会包含这些可能存在的作品的大量例句引文。有些情节设计并不太支持勤奋的写作，反倒鼓励构思闲适之作或者无拘无束的对话；这种情节会是一些没有写出的文章的不可触摸的养料。或许，我们要给一位吉诃德或者吉哈诺作序，他压根儿也不知道自己究竟是梦想成为被巫师团团围住的卫

士的一个可怜人物呢，还是梦想成为可怜人物的一个被巫师
们团团围住的卫士。当然，戏仿和讽刺，最好还是回避；而
内容的安排也必须是我们的思想能够接受、愿意见到的。

豪·路·博尔赫斯

一九七四年十一月二十六日，布宜诺斯艾利斯

林一安　译

阿尔马富埃尔特《散文与诗歌》

五十多年前，每逢星期天，有一个恩特雷里奥斯[1]青年总到我们家里来。他在书房那蓝光幽幽的煤气灯下，朗诵长长一大段诗句。那诗句老是没完没了；再说，又听不懂。我父母的这位朋友是个诗人，他心爱的主题往往是郊区的穷人。不过，那天晚上朗诵的诗不是他创作的，涉及的范围好像是整个宇宙似的，这些情况我要是说错了，倒也不奇怪：也许，不是星期天，而是一个星期六；电灯也已经取代了煤气灯。我可以肯定的是，突然一下子向我展示了这么多诗。直到那天晚上，对我来说，语言只是一种交流的手段，一种传递信号的日常机制。埃瓦里斯托·卡列戈给我们朗诵的阿尔马富埃尔特的诗歌向我显示，语言还可以是一种音乐，一种激情，一种梦想。豪斯曼[2]曾经写道，诗是我们的血肉能够体会到的东西。我第一次对这种奇特而又神妙的激情的体验应归功于阿尔马富埃尔特。后来，别的诗人以及其他的语种不是使他黯然失色，就是使他模糊不清了。雨果就被惠特曼抹去了光辉，而李利恩克龙[3]则让叶芝逼得不见了踪影。不过，在瓜达尔基维尔河[4]以及罗讷河沿岸一带，我依然记着阿尔马富埃尔特。

阿尔马富埃尔特的缺点是显而易见的，总近似于一种嘲讽；然而不容我们怀疑的是他诗中那不可理解的力量。我一向对这种内在才德的悖谬或问题感兴趣，尽管它有时候是用一种低俗的方式来打开路子的。在我至今尚未写过、以后也不打算写、然而却会以某种方式来为我辩护、哪怕是虚无缥缈或理想完美的那些作品里，会有一本题为《阿

---

1 阿根廷东部省份。
2 Alfred Edward Housman（1859—1936），英国诗人。其抒情诗以朴实的文字表达了浪漫主义的悲观情绪。
3 Detlev von Liliencron（1844—1909），德国诗人，诗集《列官驰马行及其他》成为抒情诗复兴的起点。
4 西班牙的一条河。

尔马富埃尔特的理论》的书。一份份留有昔日笔迹的草稿证明，从一九三二年起，这本假想中的书就对我登门拜访了。说起来，这本书大约有一百页上下，八开纸；但说得太多，可就夸夸其谈了。这本书究竟是否存在于由各种可能的事物构成的这个静止而奇特的世界，谁也不必计较。我现在要作出的结论可能等于让人记住，随着岁月的流逝，留下的是一本有分量的书。而且，它那种没有写就的书籍的状况反倒更为合适。作家的文字不如作家的思想会成为引人注意的主题，而作品的语言符号也不如作品的内涵会成为引人注意的主题。早在阿尔马富埃尔特总体理论之前，我就对佩德罗·博尼法西奥·帕拉西奥斯[1]作了一番独特的论述。他的理论（我急于想肯定这一点）可能与上述论述相去甚远。

帕拉西奥斯在其漫长的一生中，是一位纯洁无瑕得出了名的人。人的爱情和共同的幸福似乎激起他一种无可名状的愤怒，以一种轻蔑和严厉责备的形式表现出来。关于这一点，

---

1 Pedro Bonifacio Palacios，即阿尔马富埃尔特。博尔赫斯此处指的是诗人早期理论。

读者可以查询博纳斯特雷那部有争议的著作（《阿尔马富埃尔特》，一九二〇年），以及安东尼奥·埃雷罗初试锋芒的批驳（《阿尔马富埃尔特与索伊洛》，一九二〇年）。再说，阿尔马富埃尔特本人的论证比任何其他争论都更具价值。我们再来读一读他创作的题名为《在深渊》的第一部诗集的最后几段十行诗吧：

> 我就这么个条件，
> 你准会说我坏话；
> 因为你这一辈子，
> 得忍气吞声过活。
> 我是灵魂，是异象，
> 又是魔王的兄弟。
> 我像他一样威严，
> 又骂又吼耍脾气。
> 我头上重重坠下，
> 捞取功名的咒骂！
> 我是一片棕榈林，

栽在石灰乱石间。

骄傲之花盛开了,

人人赞羡的自豪!

我是射出的孢子,

在群星闪烁后面。

那针茅地的坏种,

和雄鹰并翅飞翔……

渴望阴影的阴影,

想当不朽的阴影。

每当我自己发笑,

别人想必也在笑。

要是谁驯服了马,

我不这么对自己坐骑。

空洞、贫瘠和僵硬,

全都是我的表现。

好比那寸草不长、

尘土飞扬的荒漠……

我是个死去的人,

谁也别以为我已没魂。

较之上引诗句所揭露的不幸更为重要的是勇敢地接受了这种不幸。别的作家（布瓦洛、克鲁泡特金、斯威夫特）了解围困帕拉西奥斯的那种孤独；然而，谁也没有像他那样，构思出一种有关挫败的总体主张，构思出一种辩护，一种神秘文学。我曾经指出过阿尔马富埃尔特孤独的要害，他很快就确切地知悉，失败并不是他的耻辱，而是所有人的本质命运的和最后的结局。他留下了这样的字句："人类的幸福还没有纳入上帝的打算。"还有："除了正义，你什么也别要求；不过，最好是什么也别要求。"再有："鄙视一切，因为所有一切都有让人鄙视的原因。"[1] 阿尔马富埃尔特彻底的悲观主义超出了《圣经·传道书》以及马可·奥勒留的范围。后两者也鄙弃世界，但是却赞美和尊重正直的人以及拥护上帝的人。但阿尔马富埃尔特却不是这样，对于他来说，才德是世间一切力量的一种不幸。

1　无独有偶，布莱克也曾经写道："鄙视之于该受鄙视者，犹如空气之于禽鸟，海洋之于鱼类。"《天堂与地狱的婚姻》，1793年。——原注

> 我唾弃幸福的人，唾弃权贵，
>
> 唾弃诚实的人、和睦的人，唾弃强者……
>
> 因为我想他们一准儿交上了好运，
>
> 就像随便哪个走运的赌鬼！

他的《传教士》就是这么对我们说的。

斯宾诺莎谴责悔恨，斥之为可怜；阿尔马富埃尔特则视之为歉疚。他所谴责的是其中卖弄、傲慢的迁就以及人对人行使的肆无忌惮的"最后的审判"：

> 当那无可名状的上帝之子，
>
> 从各各他宽恕了那个恶徒，
>
> 他就在宇宙的脸庞啐上了
>
> 难以想象的最恶毒的辱骂！

下面两句诗，解释得就更加明白：

> 我并非能饶恕你的基督－上帝，

我是一个更好的基督，我说我爱你！

为了彻底表示同情，阿尔马富埃尔特可能曾经想像瞎子那样失去光明，像瘫子那样无用，甚至（为什么不呢？）像无耻之徒那样无耻。我们曾经说过，在他看来，失败乃是一切命运的终点。最受气的人是最高尚的人，最卑贱的人是最受尊敬的人，最猥琐的人，就更像这个确实没有道义的世界。他坦率地这么写道：

> 我敬重你，奴颜婢膝的天才，
> 你终于彻底地跌落！
> 你泥淖里的十字架不可赎回，
> 你深渊下的夜晚一片漆黑！

在该诗另一处地方，他是这么写杀人犯的：

> 你在哪儿隐藏你狼一般的心跳？
> 你在哪儿发泄你悲剧性的精力？

你策划着犯罪和抢夺，

我得打扮得像一名瞭望哨！

从他那首草拟或者预先展示了同样思想的诗《愿上帝拯救你》中，我引用最后几行诗句就行了：

我给日日夜夜受苦的人

（甚至在晚上睡眠的时候）

讲一点他们受苦受难的知识，

背上狂热的大十字架：

我向他低下脑袋，弯下膝盖，

我吻他的双脚，对他说："愿上帝拯救你！"

黑色的基督，污秽的圣徒，骨子里的约伯，

痛苦的无耻杯盏！

阿尔马富埃尔特在相反的时代里想必能得到解脱。公元之初，在小亚细亚或者亚历山大港，他可能早就是一位异教创始人，一位神秘的舍身救世的梦想家，一个配制魔法方子的大师；在蛮荒盛年，他可能是一位牧羊人和武士的先知，一位安东尼奥·康塞莱罗[1]，一位穆罕默德；而在文明盛世，他则早就曾经是一个巴特勒或者尼采了。命运为他提供了布宜诺斯艾利斯省的郊区，时间降到一八五四年至一九一七年，围绕着他的是土地、尘埃、小巷、木头农舍、委员会以及目不识丁的赖皮。他读得很少，又读得太多。据西普里亚诺·德·巴莱拉说，他经常读《圣经》的章节、国会的论辩和报刊社论。那个年代，南美洲只有教理问答，伴随着可称为一体、亦可称为三位一体的神灵，还有教会高官，以及正如毕希纳和斯宾塞所教导的那样，在永恒的时间里相互并合的盲目的原子所构成的黑色迷宫。此外，就没有其他选择了。阿尔马富埃尔特选择了后者。他是一个没有上帝也不怀希望的神秘主义者。正如萧伯纳所说，他蔑视天堂的诱惑，坦诚地认为幸福是不值得追求的。他的思想在他的

---

1 欧克利德斯·达·库尼亚（《腹地》，1902 年）讲述道，北方"腹地农民"的先知康塞莱罗认为，才德"是浮华的一种高级反映，几乎是一种无情"。阿尔马富埃尔特很可能有此同感。在一场无望的战役的前夕，托·爱·劳伦斯（《智慧七柱》，第七十四节）告示阿拉伯人部落，要为失利或者失败准备复仇，这与阿尔马富埃尔特预想的倒如出一辙。——原注

作品里俯拾皆是。比如，他在这部《福音教义》里说："人最完美的状态是不安的状态、渴望的状态以及永无休止的悲伤的状态。"

费德里科·德·奥尼斯[1]（《西班牙与西班牙语美洲诗选》，一九三四年）说过，阿尔马富埃尔特的思想体系是世俗的。本篇序言却持相反意见。文章写得比他更漂亮、更出色、更永恒的阿根廷作家不止一位；然而，没有一个人在智识层面上比他更为复杂，没有一个人像他那样，革新了伦理的主题。

这位阿根廷诗人是个手艺人，也可以说是个工匠。他的劳作是为了听从一种决定，而不是为了符合一种需要。相反，阿尔马富埃尔特是勃勃有生机的，萨缅托是这样，卢贡内斯有时候也是这样。他的短处是毫不掩饰、人所共知的；然而他的激情以及他的信心却挽救了他。

像一切有天赋的伟大诗人一样，他给我们留下了有待思索的差劲的诗句，但有时候也留下了优秀的诗篇。

---

1 Federico de Onis（1885—1966），西班牙教授、文学评论家。曾创办《西班牙哲学杂志》、《现代西班牙文化杂志》。

阿尔马富埃尔特《散文与诗歌》，豪·路·博尔赫斯选编并作序，埃乌德巴出版社，《一个半世纪丛书》，一九六二年，布宜诺斯艾利斯

伊拉里奥·阿斯卡苏比《保利诺·卢塞罗》《雄鸡阿尼塞托》《桑托斯·维加》

阿斯卡苏比是和祖国一起成长的。他正逢上世纪初那混乱的岁月，年代距今不算久远，但现在已是很难理解了。那时候，人们与古老的孤寂和野蛮的畜群共享一片土地；那时候，给我们的感觉是：五光十色，头晕目眩，因为在那个被遗弃的舞台上，每个人都必须扮演多种角色。据传，他母亲是在一八〇七年夏天的一个清晨，在弗拉依莱穆埃尔托[1]（现称贝尔维尔）一个驿站的一辆大车下面生下了他的。与其说这纯粹是一件历史真事，倒不如说这件事带有一种传奇的色彩。阿斯卡苏比在布宜诺斯艾利斯受到启蒙教育，后来又扩大了他课外阅读的范围。一八一九年，他在我国第一艘商船

"阿根廷玫瑰号"上受雇当见习水手，该船起锚驶往法属圭亚那。 他遍游了美国南方和加利福尼亚之后于一九二二年回国。他在萨尔塔[2]，与阿雷纳莱斯政府合作，把原本属于弃婴堂的一家印刷厂组建起来，又与何塞·阿雷纳莱斯一起创办了《萨尔塔杂志》。在玻利维亚走了一阵之后，他回到布宜诺斯艾利斯，参加了巴西战役。他在帕斯[3]、又在索莱尔[4]麾下服役；关于后者，他曾在他的一篇高乔对话里面，提到过一件趣事。作为统一党党员，他曾以上尉军衔在拉瓦列部队里作战；一八三二年，被罗萨斯的人马俘获。一八三四年，他乘停泊在雷蒂罗[5]附近的一艘平底渡船逃脱，潜入蒙得维的亚。独裁者的代理人奥里维[6]封锁了那个地方，而阿斯卡苏比正是在长期受困的岁月里，为了让战士们伴奏吉他，写出了《保

---

1 阿根廷地名，位于该国科尔多瓦省境内。

2 阿根廷城市及省份名，位于该国北部。

3 José María Paz (1791—1854)，阿根廷军人、政治家，反对罗萨斯政权。曾任作战部长及海军部长。

4 Miguel Estanislao Soler (1783—1849)，阿根廷军人，曾任蒙得维的亚及布宜诺斯艾利斯总督。

5 布宜诺斯艾利斯一区，位该市东北，接近港口。

6 Manuel Oribe (1792—1857)，乌拉圭政治家，曾任总统。

利诺·卢塞罗》，其中凝聚着他诗歌创作最具有活力、最为坚定的东西。他把他亲自开设的一家面包店的全部所得用来装配一条船，并为之安排人员，以备拉瓦列第二次出征之需。一八五二年，漫长的蒙得维的亚之围终于瓦解。卡塞罗斯[1]战役发动后，阿斯卡苏比即以其今日已闻名遐迩的诨名"雄鸡阿尼塞托"攻占了布宜诺斯艾利斯县，并攻打乌尔基萨。也是在那几年，他还用自己的积蓄，创建了哥伦布剧院，但一场大火使他破了产。他不得不靠他的退伍军人养老金生活。检察官鲁菲诺·德·埃利萨尔德曾经在一次讲话中说："当他经济状况优裕的时候就要求退役，以免增加国家的负担；还用拖欠他的工资捐助公益事业。"一八六〇年，米特雷政府派他去欧洲征兵。他在巴黎开始并完成了他最著名、也是最无生气的作品，那部几乎是杂乱无章的《桑托斯·维加》的创作，然而这部作品，几乎没有令人难以忘怀地再现晨光熹微的黎明和印第安人的生活。很明显，他的才能必须立即加以鼓励；他的优秀作品都是急就章，很少或根本没有时间思考

1　阿根廷地名，在布宜诺斯艾利斯西郊，是役以罗萨斯失败告终。

回忆。一部选集或许可以更好地衡量他在巴黎心满意足、却并非周密无缺地积累的三本书。阿斯卡苏比于一八七五年年底在布宜诺斯艾利斯谢世。

如果何塞·埃尔南德斯早在一八七二年之前（那一年，用他自己的话来说，撰写《马丁·菲耶罗》有助于他"远离无聊的旅馆生活"）去世，阿斯卡苏比就是高乔诗人的典型代表了。伊达尔戈由来已久的庇荫以及埃斯塔尼斯劳·德尔坎伯异曲同工的作品可能更加确认了他的这一长处。然而，事情并没有这样发生。由于埃尔南德斯声名显赫，文学史家（毫无疑问，这是最严重的问题）和健忘的阿根廷人牺牲了阿斯卡苏比。如今，他仅仅是一种美好的然而模糊不清的回忆，或者是临考前匆匆扫一眼的一张卡片。本书的目的之一，便是要廓清：其作品的品位，除了主题和语言上有个别几个巧合之外，与埃尔南德斯是截然不同的。他们分别属于阿根廷历史进程的不同时代：伊拉里奥·阿斯卡苏比为我们刻画了"拉普拉塔河的高乔人，他们为反抗阿根廷共和国和乌拉圭东岸共和国的暴君而歌唱和战斗"；而埃尔南德斯写的只是一个乡民的个人经历，他生活的沉浮荣枯使他来到了边疆，来到了荒原。他们两位涉及的题材越是接近，他们之间的分歧差异就越是明显。埃尔南德斯这么写道：

土著们纵马疾驰，

速度快且能持久；

那方向总能辨清，

绝不会乱闯胡行；

小飞虫漆黑夜里，

也难逃他们眼睛。

黑暗中悄悄行进，

撒下了罗网围圈；

包围得十分严密，

直等到黎明亮天；

鸵鸟、扁角鹿、梅花鹿，

全都被围在里边。

信号是一缕轻烟，

高高地升入云天；

凭着那非凡视力，

岂能够不入眼帘；

从四处蜂拥而至，

加入这围剿集团。

每逢要出发抢掠，

就用这方法集合；

将人们汇集一起，

人多得难以数计；

都是从地角天边，

为出征来到此地。

现在，我们来听听（也看看）阿斯卡苏比的诗文：

不料一发动进攻，

土著女人就察觉，

吓得她逃在头里，

病恹恹跑进田间。

野狗、狐狸和鸵鸟，

狮子、野兔、梅花鹿，

黑压压来了一群；

狼狈地拼命窜逃，

穿行在住家村落。

牧羊人揪住尾巴，

轰赶野兽胆子大；

水鸟儿喊喊喳喳，

扑打翅膀把命逃。

先到的人来报告，

千真万确没假话，

没路，这一点不假。

印第安人来进攻，

"呵嘘"水鸟[1]上空飞，

---

1 南美水鸟，土著以轰赶鸟兽的谐音称之。

"呵嘘呵嘘"使劲嚷。

那一座座的洞穴，
野人用来吓唬人。
他们硬是屹立在，
洞穴外面旷野间，
仿佛那耸天高云，
一个个披着长发。
急匆匆策马扬鞭，
驰骋潘帕斯草原。
月黑下组织队伍，
吆喝着驮运货物。

　　我们不妨再作一番比较。埃尔南德斯是这么勾勒凌晨的
基本特征的：

才刚是拂晓时分，
东方就渐渐发红；

小鸟儿鼓噪歌唱，

老母鸡跳下枝藤。

告别的时间到了，

各自都出门上工。[1]

阿斯卡苏比几乎是用同样的词汇来跟踪阳光出现的缓慢进程的：

清晨破晓的阳光，

渐渐照亮了天空。

母鸡扑打着翅膀，

从树枝搭的窝顶

一只只飞落地面。[2]

在他的作品里，也不乏粗俗的东西。如果阿根廷文学有

1 本文所引《马丁·菲耶罗》诗句采赵振江译本，湖南人民出版社，1984。略有修改。
2 阿斯卡苏比和埃尔南德斯一样，诗句用词极为朴素简单，每句八个音节。现东施效颦，以每句七字，仅将其意译出。

能与埃斯特万·埃切维里亚的《屠场》相媲美的一页，那么这一页便是阿斯卡苏比的《雷法洛萨》[1]，尽管前者拥有后者所不具备的一种迷人力量，但后者内在的特点却是一种天真单纯然而拙劣异常的凶狠残忍。阿斯卡苏比诗歌的全部内容是表现幸福，表现勇气，表现一场战役同时也是一个节日这样一种信念。诗人德特莱夫·冯·李利恩克龙说过，即便他到了天国，有时候也会想参加一场战斗的。阿斯卡苏比怕是领会了这种情感，这倒和北方神话中的好战天堂吻合。我们听听他为红党的一位军人敬上的祝酒歌吧：

> 马尔塞利诺上校
> 骁勇的游击战士
> 钢铁胸膛向东方
> 还怀着钻石心脏：
> 所有杀人侵略者
> 每个可恶的叛徒

1　原意为阿根廷玉米棒子党人在杀人时唱的歌。

最难驯服的劣马
不管索萨[1]在何方，
你都会拼命向前，
拔出刀一试锋芒！

　　一个世纪过去了，但阿斯卡苏比的诗句并没有随着时间的流逝而损耗减色；犹如一副新牌或一轮新月，依然熠熠生辉。他的缺陷是那种即兴诗人的缺陷；他们常常受一种神秘的神灵驱使，因而缺陷随时都有可能发生，无论是炽烈的灵感冲动时刻，还是粗心大意、陷于繁琐小事的时候。与所有的诗人一样，阿斯卡苏比有权利要求我们以他最优秀的诗句对他作出评估。不论他诗歌多么杰出或多么平庸，后面深藏着的，总是他对祖国的伟大的爱，而正是这种爱，使他朴素地而又愉快地在那个闪烁刀光剑影，同时又匕首乱舞的令人惊恐的清晨，挺身向前。

1　土著神灵。

伊拉里奥·阿斯卡苏比《保利诺·卢塞罗》《雄鸡阿尼塞托》《桑托斯·维加》，豪·路·博尔赫斯选编并作序，埃乌德巴出版社，《一个半世纪丛书》，一九六〇年，布宜诺斯艾利斯

林一安　译

阿道弗·比奥伊·卡萨雷斯
《莫雷尔的发明》

一八八二年前后，斯蒂文森指出，英国读者对跌宕起伏的故事情节有点不屑一顾，他们认为，编出一部没有情节，或者情节微乎其微、压缩了的小说，才算本领高超。何塞·奥尔特加－加塞特（《艺术的非人性化》，一九二五年）企图为斯蒂文森指出的这种轻蔑态度阐明理由。他在该书第九十六页定调子说，"今天，试图创作一种能使我们的高级感觉神经感到兴奋的冒险故事，是极其困难的"。在第九十七页还说，这种创作"实际上是不可能的"。在其他几页，在几乎所有其余各页，他为"心理"小说百般辩护，认为感受冒险故事的愉悦是子虚乌有的，也是幼稚的。毫无疑问，这就是一八八二年、一九二五年，乃至一九四○年人们的普遍看法。但有一些作家（我很高兴把阿道弗·比奥伊·卡萨雷斯也列入其中）却认为有理由对此持有异议。这一异议的理由，我在这里概述一下。

第一条理由（我既不想强调也不想弱化它是悖论这一事实）与情节跌宕的小说的内在形式有关。典型的"心理"小说追求的是不定型。俄国人以及俄国人的弟子不厌其烦地表明，没有任何人是不可能创造的：向往幸福的自杀者、出于善心的杀人犯、相互敬重而最后又永远分手的爱人、一时冲动或卑躬屈膝的告密者……这种彻底的自由最终等同于彻底的紊乱。而另一方面，心理小说又想成为"现实主义的"小说：它最愿意我们忘掉它雕字琢句的人为特性，用徒劳无功的精确描写（或者说苍白无力的晦涩句子）营造一种全新的逼真的证据。马塞尔·普鲁斯特笔下的有些篇章，作为创作，是令人不能接受的：读这些篇章，就仿佛我们不知不觉地忍受着每天每日的乏味枯燥。而具备故事情节的小说却与之相反，它并非现实的简单照搬，是一件人工创造的物品，每一部分都能自圆其说。担心《金驴记》《堂吉诃德》，或者辛伯达的七次旅行的各种仿作会层出不穷，反倒为这种小说提供了强有力的根据。

我方才提到了一条智识层面的理由，还有其他一些经验方面的理由。人人都哀叹，我们这一世纪没有能力来编织令人感兴趣的故事，谁也不敢来证实这一点，即如果本世纪具备优于其他各个世纪的东西，那便是故事情节。比之切斯特顿，斯蒂文森绝对地更为热切，更为多样，更为清晰，或许更配得上我们不够格的友情；然而他铺陈的故事却远不如前者。德·昆西在详加描写的恐怖的夜晚，一头扎进了迷宫深处；但他没能把他那不可言状、自我重复的极致[1]的体会铸成可与卡夫卡比拟的寓言。奥尔特加-加塞特公正地指出，巴尔扎克的"心理学"并未使我们满意；还须指出，他编织的故事同样未尽人意。莎士比亚也好，塞万提斯也罢，都喜欢一种自相矛盾的观念：一位姑娘（她的美貌动人是不惜笔墨描绘的）被误认作男人；这么写，今天已经不管用了。我自以为，我一点也不迷信现代，对于昨天不折不扣地不同于今

1　原文为英文。

天，还将不同于明天这种幻想，也毫不相信。然而我认为，其他任何时代都不拥有诸如《螺丝在拧紧》[1]、《审判》、《地心游记》，诸如阿道弗·比奥伊·卡萨雷斯在布宜诺斯艾利斯大获成功的这部作品那样，故事情节如此引人入胜的小说。

侦探小说——本世纪另一种不能编造跌宕情节的流行体裁——叙说神秘莫测的事件，然后又由合乎情理的事实加以解释。阿道弗·比奥伊·卡萨雷斯在本书中轻而易举地解决了一个也许更为困难的问题。他铺陈展开了一部充满奇迹的《奥德赛》，除了幻觉或者象征之外，似乎没有可能的解释；然而他却用一种简单的、但并非超自然的奇想破译了这些奇迹。由于担心过早地和片面地泄露本书奥秘，我无法在此审视故事情节以及作者丰富多彩、美轮美奂的行文。我只消说，比奥伊在文学上更新了一种观念，那是圣奥古斯丁和奥利金批驳了的，路易-奥古斯特·布朗基[2]论证了的，罗塞蒂以令人难以忘怀的乐声说了的：

1　美国小说家亨利·詹姆斯于1898年出版的小说。

2　Louis-Auguste Blanqui（1805—1881），法国社会活动家，曾任巴黎公社主席。

我曾经到过这里，

什么时候、怎么来的，却说不清；

我认得门后那一片草地，

那阵阵袭来的浓郁香甜，

那声声叹息，

那普照岸边的灿烂光线……[1]

用西班牙文创作、想象合乎情理的作品是不常见到，甚至极难见到的。古典作家多采用隐喻、讽刺夸张的手法，有时还颠三倒四地玩弄词藻。近期，我只记得《奇异的力量》[2]里的一个短篇小说以及圣地亚哥·达沃韦[3]的一个短篇，这两个短篇都是被人不公正地遗忘了的。《莫雷尔的发明》（他的名称影射另一位岛屿发明家莫罗[4]）为我们的土地，为我们的语言移植了一种新的文学样式。

---

1 原文为英文。

2 阿根廷作家卢贡内斯所著短篇小说集。

3 Santiago Dabove（1889—1951），阿根廷作家。

4 指赫伯特·乔治·威尔斯的小说《莫罗博士岛》中的人物。

我曾经和作者商讨过故事的细节，后来我又读了一遍。称之为完美无缺，我并不认为是用词不当或夸大其词。

阿道弗·比奥伊·卡萨雷斯《莫雷尔的发明》，豪·路·博尔赫斯作序，洛萨达出版社，一九四〇年；埃梅塞出版社，一九五三年，布宜诺斯艾利斯

林一安　译

雷·布拉德伯里 *《火星纪事》

公元二世纪，萨莫萨塔的卢奇安写了一本《真实可信的故事》。书中不乏精彩之处，包括对假想中月球人的描述。这位真实可信的作者写道：月球人可以纺织和梳理金属及玻璃，可以把自己的眼球取下来再装上去，他们饮用的是空气乳汁或压缩空气。十六世纪初，卢道维科·阿里奥斯托这样幻想：一位勇士在月亮上发现了那些已从地球上消失的东西，如：情人们的眼泪和叹息，被人们消磨在赌场里的时光，毫无意义的计划以及得不到满足的欲望。十七世纪，开普勒以托梦的形式写了一本书，取名为《梦》，此书深入细致地描绘了月球上蛇的形状及习惯：在炎热的白天，它们躲在深深的洞穴中，直到夜幕降临才会出来。这是一些想象的旅行的描述，从第一次到第二次，过去了整整一千三百年；从第二次到第三次，又过了差不多一百年。关于前两次旅行的描述，是不负责任的、随意编造的，而关于第三次旅行，则由于追求真实可信而使故事显得愚蠢可笑。很显然，对于卢奇安和阿里奥斯托来说，到月球去旅行是不可能事物的象征或原型。就像对前者来说，不存在黑色羽毛的天鹅一样。对开普勒来说，正如我们所认为的那样，去月球旅行已经成为可能。曾创造了世界通用语的约翰·威尔金斯不就是在那个年代发表了演说《在月球上发现一个世界：关于在另一个星球上存在生命的证明》吗？该书还带有附记，题目是：关于旅行可能性的演说。格利乌斯在其发表的《阿提卡之夜》一书中，曾经描述了毕达哥拉斯学派的阿契塔用木头造了一只鸽子，并能在空中飞翔的事。威尔金斯预言，总有一天将会出现与木鸽结构一样或相似的交通工具，把我们送到月亮上去。

如果我没弄错的话，《梦》是对可能出现的或是对将会来临的未来世界的预测，所以它预示着一种新的小说类型，即

---

* Ray Bradbury (1920—2012)，美国科幻小说作家，《火星纪事》出版于1950年，1988年搬上银幕。

北美人所说的科幻小说[1]的诞生。《火星纪事》正是这类小说的令人赞叹的代表作，它所描写的主题是人类对外星球的征服与殖民。这些未来世界的人所作的艰苦创业似乎注定要在当今时代完成，而雷·布拉德伯里在叙述时宁愿使用一种挽歌式的口吻（也许他本人并没有意识到，而是出自他天才的潜意识的灵感）。在作品的一开始，那些假想的火星人往往是一些恐怖的生物，然而当它们将要被消灭时，却又引起怜悯。地球人胜利了，但是作者却并没有为这一胜利而感到高兴，他用悲伤而又失望的口吻预言：人类将要在红色星球中进行扩张。他以预言的方式向我们展示了这样一个红色的星球：沙漠上布满了一望无际的蓝色沙子，在黄色的夕阳下，是已经化为废墟的整齐的城市和在沙地上行走的古老的船只。

其他科幻作家都在自己的作品中标有未来的某个日期，但是我们对此却并不信以为真，因为我们知道这只是一种文

---

1 sciencefiction（科学幻想）是一个奇妙的文字组合，其中包括形容词 scientific 和名词 fiction。有趣的是在西班牙语中也常常出现类似的文字组合。马塞洛·德尔马索曾用过 gríngaras 乐队（gringos〔美国佬〕＋zíngaros〔吉卜赛人〕）。保罗·格鲁萨克曾用 japonecedades 一词，来称呼那些破坏龚古尔博物馆的人。——原注

学手段而已。而布拉德伯里所描写的二〇〇四年，却能使我们从中感受到一种历史的引力和疲惫，感受到那种在漫漫岁月中的无益的沉淀——就像莎士比亚在诗中吟咏的那样：黑暗的过去与时间的深渊[1]。早在文艺复兴时代，布鲁诺和培根就说过，真正的古代人并不是开创世纪或荷马时期的人，而是我们自己。

当掩上布拉德伯里的书时，我不禁自问：这位来自伊利诺伊的人是如何做到在描写对其他星球的征服过程中，使我充满恐惧和凄怆的？

这些幻想的故事为何能深深地打动我呢？所有的文学作品（我敢说）都是象征性的。文学作品的基础，只有很小一部分来自生活经验。因此，重要的是一名作家表达自己思想的能力，而为了表达其思想而采用的形式，无论是使用"幻想"的描写方式还是使用"现实"的描写方式，无论是通过运用麦克白式的手法还是通过运用拉斯科尔尼科夫式的手法，无论是通过对一九一四年八月侵略比利时的描述还是通过对

1　原文为英文。

征服火星的描述，都是无关紧要的。被称为科幻小说或是流行文学，又有什么要紧呢？正如辛克莱·刘易斯在《大街》一书中所表达的情感一样，在（《火星纪事》）这部表面上看来只是奇思异想的书里，布拉德伯里描述了自己曾经度过的漫长而又空虚的星期天，以及他所感受到的美国式的厌恶和凄婉。

也许《第三次探访》是该书中最令人惊叹的一章。书中描写的恐怖（我认为）是具有形而上学意味的。对约翰·布莱克舰长的客人身份的疑虑实际上暗示着（尽管令人不快），我们并不知道我们自己是谁，也不知道我们对上帝来说面孔又是何样。同时，我还想提请读者注意《火星人》一章，因为这一章成功地模仿了普罗透斯[1]的神话故事。

一九〇九年，我曾坐在一间现已不复存在的洒满夕阳的大房间里，带着深深的忧伤，阅读过威尔斯的小说《月球上的第一批人》。尽管《火星纪事》在小说的构思和写作手法上与威尔斯的作品迥然不同，但是在一九五四年秋末的那些天

1　希腊神话中变化多端的海神。荷马史诗《奥德赛》中，墨涅拉俄斯从特洛伊返回故乡时遇逆风，前去向普罗透斯求助。

里，还是勾起了我对那些充满了趣味而又恐怖的日子的回忆。

雷·布拉德伯里《火星纪事》，豪·路·博尔赫斯作序，牛头怪出版社，一九五五年，布宜诺斯艾利斯

一九七四年附记

我怀着无比崇敬的心情，重新拜读了爱伦·坡发表的《阿拉伯式的怪诞故事》（一八四〇年）。这部小说集整体水平要高于每个独立的故事的水平。布拉德伯里继承了他老师的丰富的想象力，但是没有继承他老师的夸张和恐怖的风格。我们对洛夫克拉夫特[1]就无法作出类似的评论了。

王银福　译

1　Howard Phillips Lovecraft（1890—1937），美国科幻、恐怖小说家和诗人，《离奇故事》杂志的定期撰稿人。他的作品在法国和美国有较大影响。

埃斯塔尼斯劳·德尔坎伯《浮士德》*

埃斯塔尼斯劳·德尔坎伯是最受人喜爱的一位阿根廷诗人。也许我们并不完全相信他所创造的善谈的高乔人的形象，但是大家都会觉得如果能认识一下创造这些高乔人形象的作者是一件令人愉快的事。他的作品犹如荷马时期游吟诗人的作品一样，可以离开文字，留在人们的记忆中，给我们带来欢乐。

我们的这位朋友一八三四年二月七日出生于布宜诺斯艾利斯。他的父亲名为埃斯塔尼斯劳·德尔坎伯，陆军上校，是拉瓦列将军的参谋长。他像他的老师伊拉里奥·阿斯卡苏比一样，追随统一派的传统。他经历过罗萨斯独裁统治下的悲惨日子，也参加过其后爆发的国内战争。我们知道，他参加了布宜诺斯艾利斯战役、塞佩塔城和帕冯保卫战后，又参加了拉维里德战役。与何塞·埃尔南德斯不同的是，他无须通过翻阅书籍、查找资料来了解那些人的生活，因为他自己就生活在那些人中间。他穿着整齐的军服去参加战斗，右手贴着军帽，迎接着呼啸的子弹。一八六八年，他被阿道弗·阿尔西纳任命为省政府的侍卫长官。而格鲁萨克却讽刺他，称他为冷餐会上的游吟诗人，好像所有的高乔诗人都是乡下人似的。一八七〇年，他将自己已发表过的作品结集成一本《诗歌集》出版，并由何塞·马莫尔[1]作序。诗集中的作品并非都是描写高乔人的，有一些反对拿破仑三世的诗句，虽然写的是最一般的十行诗，但其中却不乏西班牙式的情趣：

　　看吧，如果出现牧羊者，

---

* 　豪尔赫·路易斯·博尔赫斯曾为新星出版社1946年出版的《甜海丛书》中的《浮士德》写过一篇序。但是在这里他仅仅选用了为埃迪科姆出版社出版的版本所作的序。——原编者注

1　José Mármol（1817—1871），阿根廷诗人，小说家，1851年问世的《阿玛利亚》是阿根廷第一部长篇小说。

如果你是牧羊者，

我就会认为我们的羊群

将混淆在一起。

　　一八八〇年，他在布宜诺斯艾利斯的家里与世长辞。他
的家坐落在拉瓦列街与埃斯梅拉达街的交界处，现在那里已
经变为苏亚雷斯酒吧了。在他的葬礼上，何塞·埃尔南德斯
和圭多·斯帕诺发表了演说。曼努埃尔·穆西卡·莱内斯为
他写了一篇最好的传记。

　　一八六六年八月，埃斯塔尼斯劳·德尔坎伯观看了古
诺写的《浮士德》歌剧的演出，这使他想起该剧在高乔人身
上会产生的奇怪的影响。就在那天晚上，他写下了自己的第
一篇诗作。正如人们知道的那样，这首诗记录的是两位高乔
人之间的对话，其中一人观看了《浮士德》的演出，并将剧
中的情节形象而又逼真地告诉了他的朋友。卢贡内斯则反对
这种写法，他认为："高乔人甚至未必能理解剧情，更不可
能做到不打瞌睡或不离开剧院而忍受对他们来说最糟糕透顶
的音乐。简直无法想象，一位高乔人竟能自己去欣赏一出抒

情歌剧。"（见《游吟诗人》，第一百五十七页）对这类反对意见，我们的回答是：所有的艺术，即使是自然主义派的艺术，都不可能脱离常理，而人们最容易接受的正是作品本身内在的情理。例如，阿纳斯塔修斯"喜剧式的幻想"或者马丁·菲耶罗的长篇自传体诗。如果按柯尔律治的旨意，我们下决心不再怀疑，那么，我们就可以看到一首好诗。

有些作品装作在保卫无法保卫的事——如伊拉斯谟[1]的《愚人颂》，托马斯·德·昆西的《关于谋杀也是一种艺术》，王尔德的《谎言的衰朽》——实际上是在追求充满理智的年代。在那种年代，没有愚昧，没有谋杀，没有谎言，以至于如果有人站出来为这些丑陋行为辩护的话，也仅仅是一件有趣的事。相反，当我们处于需要用严格的辩证法证明水比口渴更重要，月亮值得所有人欣赏，至少该在临死前看一次的年代时，我们又会怎么想呢？我们正生活在这种时代中。二十世纪中期，在布宜诺斯艾利斯为《浮士德》写序，首先应该为这本书辩护。

---

1 Desiderius Erasmus（1469—1536），生于荷兰的人文主义学者，《愚人颂》是他 1498 年写于英国剑桥大学的讽刺名作。

据我所知，第一个诽谤他的——原因不必说了[1]——是拉斐尔·埃尔南德斯。他在一八九六年出了一本书，主题出人意料，竟是佩华霍街道的总汇。一九一六年卢贡内斯重开炮火。两人都指责埃斯塔尼斯劳·德尔坎伯无知和虚伪。认为他的第一首诗歌无法自圆其说。拉斐尔·埃尔南德斯指出："那匹马是玫瑰色中带金黄，而马的毛色恰恰从未有过这种颜色，找一匹有这种稀有毛色的马就像是找一只有三种颜色的猫"；卢贡内斯说道："任何一位像书里主人公那样豪爽的拉丁美洲骑手都不会去骑玫瑰色中带金黄色的马，因为那种颜色的马总是被冷落的，它们只配拉着东西在庄园里转悠，或者顺从地为孩子当坐骑。"受到谴责的还有下列诗句：

他骑着马驹
在月光下勒缰停下。

拉斐尔·埃尔南德斯指出，小马被装上的不可能是缰绳

1　原文为法文。

而只能是口套，而且，勒缰停马"只会是那些脾气暴躁的美国佬干的事，而拉美骑手是绝不会这么做的"。卢贡内斯对此加以确认并写道："没有一个高乔人会以收缰勒马的方式来约束他的马。这不过是那些爱吹牛的美国佬杜撰出来的拉美骑手的形象，因为只有美国佬才会骑着母马在花园里转悠。"（后来，维森特·罗西也是这样评论《马丁·菲耶罗》的，并得出了同样雄辩的结论。）

反对意见如此强烈，怎么办？我知道自己没有资格在这场关于庄园生活的争论中进行调解，因为我比受到批判的埃斯塔尼斯劳·德尔坎伯更为无知，我几乎不敢暗示，尽管那些正统派鄙视玫瑰色中带有金黄色的马，然而，"一匹金黄的玫瑰色马"这样的诗句却依然令我喜欢。虽然说不清究竟是什么原因，不知是因为传统习惯还是因为"玫瑰色"这个词带给我们一种特殊的清晰，但是我很清楚，我绝不会接受任何改动。而且，这整首十行诗是一种震撼人心灵的、大胆的文字组合，它并不是对现实的描写，也不应与现实进行比较，任何试图那样做的想法都是徒劳的。

冬去春来，历史的长河奔腾不息，那些博闻强记之辈关于马的皮毛颜色的高谈阔论逐渐烟消云散，而永不消失的，甚至也许当我们离开这个世界后依然会陪伴我们的，则是因对幸福和友谊的静观而产生的欢乐。这种欢乐既存在于诗歌的字里行间，又存在于现实的感受之中。而这正是（我这么认为）诗歌的精髓。许多人都曾赞美过诗人在其作品中对黎明、对平原、对夕阳的描写，但是我认为，诗歌一旦被搬上舞台，就会带上虚假的成分。在舞台上，令人赞叹的只能是对话以及通过对话而充分表达出来的闪光的友情。

埃斯塔尼斯劳·德尔坎伯：有人说你的作品没有反映高乔人的心声，没有塑造在时间和空间上曾经占有一席之地的高乔人的形象，但我知道，你的声音中充满了友情和勇气，而这正是过去曾经出现过、如今实际存在着和将来永远不变的事实。

埃斯塔尼斯劳·德尔坎伯《浮士德》，豪·路·博尔赫斯作序，埃迪科姆出版社，一九六九年，布宜诺斯艾利斯

一九七四年附记

高乔人对舞台艺术的一窍不通应该不会让卢贡内斯感到吃惊；在他一九一一年发表的《面孔和面罩》一文中，我们可以读到这样一件事：

在那些年代，波德斯塔兄弟在布宜诺斯艾利斯省里巡回演出，专演反映高乔人生活的作品。几乎在所有的城镇，第一场戏都是《胡安·莫雷拉》。但是，当他们到圣尼古拉斯时，他们认为先演《黑蚂蚁》更好，有必要指出的是"黑蚂蚁"在年轻时是当地远近闻名的马特雷罗[1]。

在戏开演前，一个身材矮小、上了年纪的人来到（演出的）帐篷内。他的穿着虽然已经破旧，但是却干干净净。

"外面都在说，"他说道，"你们当中有人星期天要在舞台上当着大伙的面宣布他是'黑蚂蚁'。我要提醒你们，别骗人。因为我就是大伙都认识的'黑蚂蚁'。"

波德斯塔兄弟以自己特有的接人待物的方式，彬彬有礼

1　阿根廷早年不服政权管束的游民、流浪汉以及不逞之徒。

地接待了他，并想让他明白，《黑蚂蚁》这出戏正是对他传奇般的形象最真诚的致敬。尽管谈完话他们还去了饭店，要了几杯日内瓦威士忌，但是这一切都是徒劳的。那位先生表现出了绝不退让的决心。他说还没有人敢冒犯他，如果有人敢出来说自己是"黑蚂蚁"，他知道怎么教训他，尽管他年事已高。

最后不得不向事实投降。星期天，到了预告的时间，波德斯塔兄弟事实上演出了《胡安·莫雷拉》。

王银福　译

托马斯·卡莱尔《旧衣新裁》

  从古代意大利爱利亚的巴门尼德时代到如今，许多思想家以各种不同的方式信奉唯心主义。这种理论认为宇宙，包括时间和空间，甚至包括我们自己，只不过是一种表象，或者说是一种斑驳陆离的表象。其中也许贝克莱主教将唯心主义阐述得最为淋漓尽致。如果要问谁对唯心主义的信仰更诚挚、更狂热以及更具有批判性，那当然首推苏格兰人托马斯·卡莱尔，其代表作为《旧衣新裁》（一八三一年），一本难以读懂的书。*Sartor Resartus* 这个拉丁语词的意思为穿着带补丁衣服的裁缝或者是穷裁缝。这本书的内容像书名一样奇特少见。

  卡莱尔讲到一位他想象中的权威教授，第欧根尼·丢弗斯德罗克（魔鬼之粪神之子）。这位教授在德国出版了一本谈沙子哲学的书。这是一本论述表面现象的巨著。《旧衣新裁》一书共有二百多页，是作为那本巨著的评注和补充形式出现的。此前已有塞万提斯（卡莱尔曾读过他的西班牙语原作）把自己的《堂吉诃德》归功于一位名叫熙德·哈米特·贝嫩赫利的阿拉伯作家。《旧衣新裁》一书中有一篇丢弗斯德罗克感人的传记，实际上是作者具有象征意义的、未注明姓名的自传。当然，书中不乏调侃之词。尼采曾指责里希特[1]把卡莱尔变成了英国最糟糕的作家。里希特对卡莱尔的影响是显而易见的，不过，里希特是一位梦幻家，而他的梦往往是平稳和乏味的，可是卡莱尔作为梦幻家，做的却都是噩梦。圣茨伯里在《英国文学史》一书中写道：《旧衣新裁》是斯威夫特的怪诞想法的无限扩大，而其写作风格则继承了里希特的老师斯特恩[2]。卡莱尔本人还引用了斯威夫特的

1 Johann Paul Friedrich Richter (1763—1825)，德国小说家、幽默作家，浪漫主义和心理小说的先驱，著有《看不见的小屋》等。笔名让·保尔。
2 Laurence Sterne (1713—1768)，英国教士、小说家，《项狄传》的作者。晚年旅居国外，著有《感伤的法意旅行》。

预言。斯威夫特在《一只澡盆的故事》一书中写道：如果将白鼬和某种假发套以某种方式放在一起的话，就会变成法官，同样，如果将黑头发与棉布正确地结合在一起，就会变成主教。

唯心主义者认为，宇宙只是一种表象，而卡莱尔则坚持认为宇宙是一种假象。他是个无神论者，以为自己背弃了父母的信仰，然而正如斯宾塞指出的那样，卡莱尔对世界的认识，对人的看法以及关于人的行为的观点都证明，他一直都是一个严格意义上的加尔文主义者。他的悲观主义思想，他那钢铁般坚定的和烈火般炽热的信仰也许正是长老会的遗传。他对讽刺艺术的运用，他对历史的理解，即历史是部圣书，我们只是在不断地注释旧史和撰写新史并成为历史的一个组成部分的理论，非常精确地勾画出了莱昂·布洛瓦的形象。他在十九世纪鼎盛时期就明确地写到民主只是带有选举箱的混乱。他劝告人们将所有铜制的雕塑改造成有使用价值的铜浴盆。我不知道有哪部作品能比《旧衣新裁》更充满激情、更具有震撼力和构思更巧妙的了。

托马斯·卡莱尔《旧衣新裁》，豪·路·博尔赫斯作序，与小说一起被收录进《埃梅塞世界文学作品大全》，埃梅塞出版社，一九四五年，布宜诺斯艾利斯

王银福　译

托马斯·卡莱尔《论英雄》[*]，
拉尔夫·沃尔多·爱默生
《代表性历史人物》

　　上帝之路是无法探寻的。一八三九年末，托马斯·卡莱尔阅读了由爱德华·威廉·莱恩编译的《一千零一夜》。这是一个严肃认真的版本。托马斯认为书中写到的事情完全是明显的谎言，不过他对书中提出的许多虔诚的思想却表示同意。看完这本书后，他想起了阿拉伯世界的游牧部落，这些部落的人盲目地崇拜水井和星星，直到一位长着红胡子的人将他们从盲目崇拜中惊醒，他告诉他们一件重大的事：除了上帝之外，不应该再有任何其他的崇拜。他将阿拉伯人推向了一场迄今尚未结束的战争，这场战争一直打到比利牛斯半岛和恒河岸。卡莱尔问自己：如果没有穆罕默德的话，阿拉伯人将会怎么样呢？这个疑问导致他举行了六场讲演，这本书就是由这六篇讲演稿组成的。

尽管讲演的语气激烈，其中有许多夸张和隐喻，但《论英雄和英雄崇拜》却是在阐述一种历史观。卡莱尔习惯对事物进行反复思考。一八三〇年他就曾暗示说，历史是一门无法研究的学问，因为任何事情都是过去事件的延续，而同时又必然在某种范围内成为将来事件的起因。因此，"对历史的描述是动态的，而历史本身却是静态的"。一八三三年，卡莱尔宣布世界历史是一本圣书[1]，"它的注释和撰写权应该属于所有人，他们都应被写进历史"。一年之后，他又在《旧衣新裁》一书中提道：世界历史是本《福音书》。在《冷漠的中心》这一章中，他补充说，伟大的人物是真正的圣典，而那些具有才华的人以及其他人则仅仅是一些评论、说明、注释、介绍和说教。

---

* 即《论英雄、英雄崇拜和历史上的英雄事迹》，通称《论英雄和英雄崇拜》。

1 莱昂·布洛瓦将这一观点延伸到喀巴拉的意义上。譬如，请参阅其自传体小说《绝望者》的第二部。——原注这本书中某些章节的写作手法是很复杂的，近似巴罗克风格。而他提出的论点却非常简单。在第一篇演说的第一段中体现了他的激情和自信，原话是这么说的："世界历史以及对人类在这个世界上所作所为的描述，实际上是对那些曾在同一时代工作过的大人物的描述。他们是人类的首领，是塑造者，是榜样。从更广泛的意义上说，是他们创造了人类的事业并取得了成就。"在另一段话中他又说："世界历史是大人物的传记。"对于信奉宿命论的人来说，英雄是结果，而卡莱尔则认为英雄是原因。

赫伯特·斯宾塞指出，卡莱尔认为他背叛了自己父辈的信仰，然而他对世界、对人类和对伦理道德的认识却证明他从来就是一个固执的加尔文主义者。尽管他在一次讨论中宣布，灵魂不死论只不过是犹太人的估衣铺[1]，在一八四七年的一封信中他写道：对基督的信仰已经堕落为"懦夫们的粗鲁而又甜腻的宗教"，但他那黑色的悲观主义，他的关于少数人（英雄）和无穷尽的注定下地狱的人（下等人）的理论，都明

---

1 原文为英文。

显地来自长老会教派。

比卡莱尔的宗教观更为重要的是他的政治理论。同代人不能理解他的理论，但这种理论却体现在流传非常广泛的四个字中：纳粹主义。罗素在题为《法西斯的祖先》（一九三五年）、切斯特顿在题为《停战协定的终结》（一九四〇年）的论文中都对此作了充分的论证。切斯特顿在他的精彩论述中，谈到了他第一次接触纳粹理论时所感到的惊讶、甚至是恐惧的心情。这种新的理论使他回忆起童年的动人生活："在我和其他人一样走向墓地的旅途中，看到了卡莱尔所有坏的、野蛮的和愚蠢的理论的重现，却看不到一点他身上特有的幽默感，这实在令人难以想象。简直就像王夫从阿尔伯特纪念堂下来并穿越肯辛顿宫的花园一样[1]。"类似的论述不胜枚举；纳粹主义（它并不只是我们所有人，尤其是那些愚蠢的人和暴徒潜意识里都拥有的某些种族优越感的表现）是苏格兰人

---

1 王夫是英国女王丈夫的通称，此处指 19 世纪维多利亚女王（1819—1901）的丈夫萨克森 – 科堡 – 哥达亲王阿尔伯特。阿尔伯特是她的德国表兄，1840 年成亲，婚姻和睦，垂范后世。1861 年，阿尔伯特去世，维多利亚女王在温莎城堡内设立纪念堂。肯辛顿宫是她的出生地，有一花园，与海德公园齐名。

卡莱尔的愤怒情绪的表现。他于一八四三年写道，民主是因为找不到能领导我们的英雄而绝望的表现。一八七〇年他欢呼"耐心、高尚、深沉、虔诚、团结一心的德国"战胜了"好吹嘘、爱虚荣、乱比手势、争胜好斗、焦躁不安、神经过敏的法国"（《杂记》，第七卷第二百五十一页）。他赞美中世纪，他谴责议会那些清谈之风，他维护雷神托尔、威廉一世、诺克斯、克伦威尔、腓特烈二世、沉默寡言的弗朗西亚博士和拿破仑的声誉，他渴望有一个没有"配备了选举箱的混乱"的世界，他憎恶废除奴隶制，他建议把雕像——青铜的可怕误用——改制成有用的青铜浴缸。他宣称，宁愿要一个备受折磨的犹太人，也不要一个腰缠万贯的犹太人。他还提出，所有尚未消亡的社会，或者尚未走向死亡的社会，都应该是有等级的。他为俾斯麦辩护，并且崇拜他，甚至说日耳曼民族是由他创造的。如果有人想要进一步了解他的见解，可以去读《过去和现在》（一八四三年）和于一八五〇年发表的包罗万象的《当今活页文选》。在这两本书里，有着卡莱尔的各种见解。例如，在最后一篇讲演中，他竟然用南美洲独裁者才会用的理由来为克伦威尔的打手们解散英国议会作辩护。

我在这里引用的观点并非不符合逻辑。一旦我们同意"英雄具有神圣的使命",人们对这些人的评价就会不可避免地偏离一般的评价标准(他们也会如此评价自己),就像陀思妥耶夫斯基笔下最著名的主角[1]或克尔恺郭尔笔下的亚伯拉罕[2]一样。同样不可避免的是,任何一个投机政客都会认为自己就是英雄,并会用他自己的行为最充分地去加以证明。

在《法萨利亚》的第一章,卢坎清楚地写道:神喜欢胜利的事业;加图喜欢失败的事业[3]。这就提出了人挑战宇宙的理由。卡莱尔则认为历史与正义交织。谁值得胜利谁就能获胜。这条定理向学者表明了直至滑铁卢的那天早上拿破仑的事业都是不可怀疑的,但是到了晚上十点变成了非正义的和可憎的。

上述摘录并不是要否认卡莱尔的真诚。没有人比他更深地感受到这个世界的不真实(如同噩梦那样不真实和残暴)。

1　指《罪与罚》的主人公拉斯科尔尼科夫。
2　克尔恺郭尔《恐惧与战栗》中的人物。
3　原文为拉丁文。

从这种普遍的幻觉中，他抢救出一个信念：工作。请记住，工作不是事情的结果，而是整个过程，否则的话，只会带来虚荣，带来假象。卡莱尔写道："人类的一切工作都是过渡性的，渺小的，微不足道的；只有工人和工人具有的内在精神才是有意义的。"

一百多年前，卡莱尔自以为感受到了一个腐朽的世界正在身边瓦解；他认为唯一的出路在于取消议会，把权力无条件地交到言谈不多的强人手里。[1] 俄国、德国和意大利最充分地和淋漓尽致地使用了这服适用全球的灵丹妙药，结果是出现了奴役、畏惧、野蛮、思想的贫乏和背叛变节。

人们曾多次谈到里希特对卡莱尔的影响。卡莱尔将里希特题为《放荡不羁》的诗集译成了英语。最不经意的人也不会将原作与译文混淆。他们两人都深不可测。里希特深不可测是因为他多愁善感、郁郁寡欢、沉湎酒色，而卡莱尔则是因为全身心地充满激情。

---

[1] 丁尼生将自己对"元首"的渴望写进诗里。譬如，在《莫德》第十章第五段："一个依然强壮的男人在喧嚣的大地上。"——原注

一八三三年八月，年轻的爱默生来到了偏僻的克莱格普多克，拜访了卡莱尔夫妇。（那天下午卡莱尔正在评注被他称为是"连接新旧两个世界最佳桥梁的"、由吉本编写的史著[1]。）一八四七年，爱默生回到美国，主持了一系列的讲座，后来发表了演讲集，题目是《代表性历史人物》。他的系列讲座与卡莱尔系列讲座的安排完全一致。我猜测爱默生刻意突出这种形式上的相似，最终是为了充分强调两人之间本质上的不同。

事实上，对卡莱尔来说，英雄不是凡人，近乎半神，他们通过炫耀武力和粗鲁言语，来统治平民百姓。相反，爱默生崇拜的英雄是人类实现自身可能性的最佳榜样，而这些可能性存在于每个人身上。对他来说，品达证明了自己写诗的能力；斯维登堡或者普罗提诺证明了自己能达到迷醉状态。他写道："在所有的天才著作中，我们都可以找到曾经属于我们自己但被我们拒绝的思想。这些思想带着异乡他国的庄严又回到我们身边。"在另一篇文章中他又写道："可以这么说，

1　指英国历史学家爱德华·吉本的《罗马帝国衰亡史》。

世界上浩瀚如海的书籍都是一个人编写的，书中的主要内容是那么的统一，使人无法否认这些书出自一位博学多才无所不知的先生手笔。"他还写道："一个永恒的现在统御着自然。自然会把装点迦勒底空中花园的玫瑰放到我的玫瑰园中来。"

我们在这里引用的爱默生的论述已足以表明他所遵循的奇妙的哲学思想：一元论。我们的命运是一场悲剧，因为我们仅仅是个人，受到时间和空间的限制。所以，最使人振奋的应该是有一种信仰，它能超越时间和空间，宣布作为个体的人与整体的人类没有区别，谁都可以代表宇宙。信仰这种理论的人往往是不幸的，或者是平庸的，他们迫切希望自己在宇宙中消失。爱默生尽管遭受肺病的折磨，他本能地感到幸福。他鼓舞惠特曼和梭罗；喜欢人间万物。他是一位充满学识的诗人，编写警句的大师，存在的多样性的品鉴者，优秀而又敏锐的读者，他读过凯尔特人、希腊人、埃及人和波斯人的作品。

拉丁语学者给了索利努斯一个绰号，叫"普林尼的猴子"。一八七三年，诗人斯温伯恩认为自己受到了爱默生的攻击，于是给他去了一封独具风格的信。信中有些话很奇特，我摘录在此，另外一些话我不愿劳神去记了。他说："先生，您是一只掉了牙的瘦猴，站在卡莱尔的肩上摘下了荣誉的桂冠。"一八九七年，格鲁萨克也对他进行了指责，尽管没有用"猴子"一词："大家都知道得很清楚，他是卡莱尔的美洲翻版，但是没有卡莱尔犀利的笔锋，深刻的历史分析力。卡莱尔由于知识渊博而常常令人难以理解；我担心爱默生因为令人难以理解而变得貌似知识渊博。总而言之，一个是实实在在的名家，一个是可能成为的名家，爱默生始终未能解释这个玄奥的差别。只是爱默生同胞天真的虚荣心才把这位平庸的学生与他的老师相提并论。不过，爱默生直至生命的最后一刻，都保持着对卡莱尔的尊敬，类似于爱克曼对歌德的敬意。"不管是用了猴子还是未用猴子一词，斯温伯恩和格鲁萨克都没有说对。爱默生和卡莱尔的唯一相同点就是他们对十八世纪精神的敌意。卡莱尔是一位浪漫型作家，具有平民的嗜好和品行。爱默生是一位绅士，一位古典型作家。

保罗·爱尔默·莫尔在《剑桥美国文学史》发表了一篇不尽人意的文章。他说，爱默生是"美国文学的杰出代表"。在此之前，尼采写道："只有在阅读爱默生的作品时我才感到自己的心与他如此地贴近。我无权吹捧它们。"

随着时光的流逝，惠特曼和爱伦·坡作为流派的发明者和创立者，曾使爱默生的光彩受到损害。但是，如果细细比较，他们两人是远远赶不上爱默生的。

托马斯·卡莱尔《论英雄》，拉尔夫·沃尔多·爱默生《代表性历史人物》，豪·路·博尔赫斯翻译并作序，《杰克逊经典作品》，W·M·杰克逊公司，一九四九年，布宜诺斯艾利斯

王银福　译

卡 列 戈 的 诗

　　两个城市：巴拉那和布宜诺斯艾利斯；两个日期：一八八三年和一九一二年，确定了埃瓦里斯托·卡列戈短暂一生的时间和空间。他出身恩特雷里奥斯省一个杰出、古老的家族，经常怀念先辈勇敢战斗的一生，在大小仲马父子充满浪漫色彩的小说中，在拿破仑的传奇和对高乔人顶礼膜拜的崇敬中寻找某种补偿。同样，为了吓吓资产阶级[1]，在波德斯塔兄弟或者说在爱德华多·古铁雷斯的影响下，他写了纪念圣胡安·莫雷拉[2]的诗。他的生活经历相当简单：当过记者，经常参加作家聚会，与他的同龄人一样，对阿尔马富埃尔特、达里奥和海梅斯·弗莱雷的作品如醉如痴。早在童年时代，我就听他背诵过《传教士》一诗中的一百多行诗句。至今，透过逝去的时间，我仿佛还能听到他那充满激情的声音。我对他的政治主张不甚了解，可以推测，他是一位立场模糊、情绪激昂的无政府主义者。像二十世纪初所有受过教育的南美人一样，他是一位，或者说他感觉自己是某种类型的法国荣誉市民。一九一一年左右，他开始学习另一位偶像——雨果的语言。他一遍又一遍地阅读《堂吉诃德》，喜欢埃雷拉而不喜欢卢贡内斯，也许能典型地说明他的兴趣爱好。我在这里列举的作家名字大概就能概括他读过的所有作品。虽然读得不多，但是却很投入。由于患肺结核经常伴有低烧，从而使他总有一种紧迫感。他不停地工作着。除了到坐落在拉普拉塔市的阿尔马富埃尔特的故居去朝圣过几次之外，他很少旅行，除非能学到历史知识和找到新的创作素材。他只活到二十九岁，与约翰·济慈在相同的年龄、因患相同的病症去世。在那个没有糟糕的广告艺术的年代里，这两位青年作家都渴望荣誉，都富有激情。

埃斯特万·埃切维里亚是第一位观察潘帕斯草原的人，

1　原文为法文。

2　卢贡内斯还没有撰文颂扬马丁·菲耶罗。——原注而埃瓦里斯托·卡列戈则是第一位观察城镇郊区的人。现代主义对大西洋两岸的西班牙语文学有很大影响，如果卡列戈不能充分自由地驾驭现代主义的创作语言、题材和格律，他就无法完成其著作。现代主义曾经鼓舞、激励过他，但也同样坑害过他。《异端的弥撒》一诗中有很大一部分是对达里奥和埃雷拉的不自觉模仿。除了这些作品和其他一些可能会有毛病的作品外，对城镇郊区（我们暂且这么称呼）的描写是卡列戈的基本成就。

为了要完善作品，我们这位作者要么就得变成一名文人，敏锐地捕捉语言上的细微差别或者联想的意义，要么干脆变成一个粗人，以拉近与他的作品中人物的距离。不幸的是，卡列戈不属于这两种情况中的任何一种。在他描写巴勒莫的作品中，我们可以看到仲马父子的遗风和现代主义的华丽辞藻。因此，人们将不可避免地把他笔下的刀客与达达尼昂相比较。他的诗集《郊区的灵魂》中有两三首作品与史诗相似，而其他的诗则类似于对社会的抗议。在《市郊之歌》中，他从"宇宙间神圣的平民"写到了普通的中产阶级。这是他创作的第二阶段，也是最后的阶段，成名的阶段。在这一阶段，他发表了自己最著名而不是最优秀的诗歌。从他的创作道路来看，可以公正地说，卡列戈以他的诗描绘出了普通人的不幸，折磨人的疾病，惨痛的经历，疲乏沮丧的时刻，家庭，友爱，以及民俗习惯和街头巷尾的闲言碎语。有意思的是，探戈也是以同样方式发展的。

卡列戈走过的路与一切先驱者走过的路没有什么两样。对现代人来说，他们那些曾经属于标新立异的作品现在都成了平庸之作。在卡列戈去世半个世纪后，人们几乎只能从诗歌发展史中读到他。

我们知道，卡列戈去世时还很年轻，仿佛浪漫主义诗人的命运注定如此。我不止一次地问自己，有没有什么他写过的作品是我们仍不知晓的？有一篇诗作——《婚礼》——很有独到之处，可能预示其风格会转向幽默。当然，这只是猜测而已。毋庸置疑的是，卡列戈曾经影响并且至今依然在影响着我们的文学的发展道路，他的一些作品将成为世界文学的瑰宝。他创造过许多艺术形象：喜欢打架斗殴的人、误入歧途的女裁缝、盲人、拉手风琴的人。我们应该再给他增加一个，那位患肺结核的青年，戴着孝，穿梭在低矮的平房之间，不时停下脚步，环视周围不久后将要消失的一切，朗诵着诗歌。

《卡列戈的诗》，豪·路·博尔赫斯主编并作序，编入《一个半世纪丛书》，埃乌德巴出版社，一九六三年，布宜诺斯艾利斯

一九七四年附记

诗歌的灵感来自过去。《异端的弥撒》中描写的巴勒莫是卡列戈在童年时代看到过的巴勒莫。我自己则从未见过那样的巴勒莫。尽管只是淡淡的几笔，这首诗却描绘出了对如水逝去的时光的怀念。我们在高乔文学发展过程中也可以看到这种怀旧情结。里卡多·吉拉尔德斯赞颂的是过去时光中发生过或可能发生过的故事，譬如他的《堂塞贡多·松勃拉》，而并不去赞颂在他奋笔疾书的时期发生的故事。

王银福　译

米格尔·德·塞万提斯《训诫小说》

　　说句实在话，柏拉图主义者可以想象在天上（或者说在上帝深奥莫测的智慧中）有两本书：一本记录的是人们虽然没有什么实在的经历，但却拥有的微妙的情感世界；另一本书则是无穷无尽地描述一系列无名氏似是而非的事情。属于第一类的书有亨利·詹姆斯写的《丛林猛兽》；第二类书则包括《一千零一夜》，以及我们在读了《一千零一夜》后留在脑海里的层层叠加的回忆。《丛林猛兽》是心理小说所追求的目标，而《一千零一夜》则是冒险小说要达到的水平。

　　在文学作品中对小说的划分并不那么严格，即使在情节最扣人心弦、最跌宕起伏的小说中也会有心理描写；而在情节再少的小说里也照样会有故事发生。在《一千零一夜》中的第三个夜晚，一位神魔被所罗门关在一个铜瓶里扔入了海底。他发誓，如果谁救了他，他就让谁发财。但是过了一百年，他依然被关在铜瓶里；于是他又发誓，如果谁救了他，他就让谁成为所有珍宝的主人。一百年又过去了，还是没有人救他；他再次发誓，如果有谁救了他，他就让谁实现自己的三个愿望；时间年复一年地过去，他还是被关在铜瓶里。这时他彻底绝望了，发誓谁要是救了他，他就把谁杀死。这难道不是既包括心理描写，又带有令人信服和令人惊愕情节的真正的艺术创作吗？《堂吉诃德》就是这样一本书。《堂吉诃德》既是第一本对人物作了深刻描写的小说，又是骑士小说中最好的、最后的一本代表作。

《训诫小说》发表于一六一三年，在两部《堂吉诃德》之间[1]。这本书除了展现林高内特和戈尔达迪略[2]的流浪汉画面以及狗与狗之间的对话外，很少或者说根本没有运用任何讽刺

---

1 塞万提斯1602年开始创作《堂吉诃德》，次年完成第一部，于1605年出版，引起轰动。1613年《训诫小说》问世，有人化名出版《堂吉诃德》第二部伪作，塞万提斯抓紧《堂吉诃德》第二部的创作，并于1615年出版。
2 塞万提斯同名短篇小说中的两名惯偷。此文收入他的短篇小说集《训诫小说》，下文《狗的对话》也是。

手法。然而，字里行间却弥漫着神甫和理发师的荒诞无稽。令人难以置信的是，这种描写荒诞的手法在其后发表的《贝雪莱斯和西吉斯蒙达历险记》[1]中得到了更为充分的发挥。其实，在塞万提斯身上，就像在杰基尔身上一样，至少存在着两重性格：一方面是很硬气，轻率鲁莽的吹牛丘八，喜欢读书并爱抱有虚无缥缈的梦想；另一方面则善解人意，宽容处世，谈吐幽默，心地善良。因此尽管格鲁萨克不喜欢塞万提斯，但仍把他与蒙田相提并论。同样，这种性格上的对立也反映在作品中。虽然书中的情节紧张激烈，而作者的口气却不紧不慢，让人感到很舒服。卢贡内斯曾指出，塞万提斯在很长的时间里都不曾有过正确的目标。事实上，他根本没有去寻找过正确的目标。塞万提斯并不想下功夫去吸引读者，但是他那平静的笔法，最后总能将读者吸引过去。他的作品既没有炫耀华丽的辞藻，也没有标榜警句式的结论。他很清楚，所谓口语风格是无数写作风格中的一种。他写的对话就像是演说，谈话的双方并不打断对方的讲话，而是等待对方

1　塞万提斯的最后一部长篇小说，于1617年出版。

把话讲完。当代现实主义作家使用的断断续续的句子结构对他来说，似乎是一种与文学艺术相去甚远的、愚蠢的写作方法。

丹纳[1]在分析塞万提斯时说，西班牙评论界对塞万提斯的赞誉过多。他们只是一味崇拜，却并没有对他进行认真的分析。譬如，从没有人指出过，对创造梦想成为堂吉诃德的阿隆索·吉哈诺这一艺术形象的作者来说，拉曼却其实只不过是一个尘土飞扬、缺乏诗意的乡村。而且，《训诫小说》这一题目的本身就是一例明证。佩德罗·恩里克斯·乌雷尼亚指出，小说（novela）一词与意大利语的 novella 和法语的 nouvelle 词义完全一样。至于"训诫"一词，作者告诉我们："有一件事我是敢说的，那就是阅读这些小说如果会使读者产生某种不好的愿望或想法，那我宁愿把写书的手砍断也不会发表。"

在那个缺乏宽容的世纪里，塞万提斯却表现出了宽容的精神。在他所生活的年代里，宗教裁判所燃起熊熊烈火，加

1　Hippolyte Taine（1828—1893），法国哲学家、艺术批评家。原文误作"但丁"（Dante）。

的斯[1]遭到劫掠，而他作为《英国的西班牙女郎》[2]的作者，却没有对英国流露出任何一点仇视。不过，在欧洲所有的国家中，他最喜欢的还是意大利，他认为自己的创作受意大利文学的影响很大。

所有的巧合、偶然事件以及揭示命运的神奇画面都曾深深地吸引过他。但是，他最感兴趣的却是人，不管是作为整体的人（《林高内特和戈尔达迪略》和《鲜血的力量》）还是作为个体的人（《爱嫉妒的埃斯特雷马杜拉人》和《玻璃律师》），还要加上已收入《堂吉诃德》中的《鲁莽而又好奇的人》）。我们可以推测，对于现代读者来说，那些虚构情节的魅力并不来自故事本身，也不来自书中对心理活动的分析，更不来自对腓力三世[3]统治下西班牙生活的生动描写，魅力来自塞万提斯的创作手法，甚至可以说，来自塞万提斯的讲述。克维多写的《马尔库斯·布鲁图》，萨阿维德拉·法哈多写的《事业》和《哥特式的皇冠》，都是这种写作风格的

---

1 西班牙南部重要港口。
2 《训诫小说》中的一篇。
3 Philip III（1578—1621），西班牙国王和葡萄牙国王。

极好佐证。塞万提斯的手法是要给人以谈话的感觉，在追求修辞的同时保持自己的风格。梅嫩德斯－佩拉约在关于《堂吉诃德》的一篇论文中赞扬塞万提斯的写作"明智而恰当地把握了速度"。下面这段话也为这种说法提供了证明："在波拉斯·德·拉·卡马拉先生抄写的《鲁莽而又好奇的人》和《林高内特和戈尔达迪略》两文的初稿与完成稿之间，存在着巨大的差别！"在这里还有必要再引用叶芝的《亚当的诅咒》一诗中的几句话："写出一首诗也许需要花费很多时间，但如果不像瞬间想到的话，任何构思及写作都是徒劳的。"

如果从修辞学的角度来说，没有比塞万提斯的风格更差劲的了。他的作品中充满重复、苍白的句子，元音之间连接，错误的句子结构，多余或起反作用的形容词，跳跃的主题等。然而，作品只要有了基本的魅力，那么所有的毛病也就变得能被接受，或者成为作品风格的一部分了。有些作家的作品，如切斯特顿、克维多和维吉尔的作品，是完全可以进行分析的，他们所用的每一种创作方法，每一种恰如其分的描述都可以证明修辞学的正确；而另外一些作家的作品，如德·昆西和莎士比亚的部分作品则无法进行修辞分析；还有第三类作家，他们的作品就显得更加神秘，如果单纯从修辞分析的角度来看，是无法站住脚的。在他们的遣词造句中没有一句话经得起推敲而无须修改，任何一位学者都可以指出他们的错误。这样对作品进行评论是合乎逻辑的，然而这些作品并非就像评论所说的那样。尽管我们可以指责它们不符合修辞学，但这些作品却具有巨大的影响力，其中的原因我们也无法说清。米格尔·德·塞万提斯就属于这一类不能用简单的理由加以解释的作家。

在《训诫小说》所得到的众多赞誉中，最令人难忘的也许就是歌德对它的赞誉。一七九五年他给席勒写了一封信，佩德罗·恩里克斯·乌雷尼亚将其译成了西班牙语。歌德在信中是这么说的："我从塞万提斯的小说中得到了源源不断的教诲和无穷无尽的欢乐。当我们看到自己的认识是正确的并得到承认时，当看到在我们努力耕耘的领地内自己所遵循的原则正结出硕果时，心情是何等的愉悦啊！"德·维加的评论则显得较为冷静："在西班牙……流传着不少小说，有本国作家写的，也有从意大利语翻译过来的。这些小说中有不少作品具有米格尔·德·塞万提斯的魅力和写作风格。应该承认，这些作品既有很强的娱乐性，又可以称为模范作品。例如班戴洛[1]写的一些悲剧历史故事。而且，这些小说的作者都是有识之士，或者至少是宫廷中有相当地位的人，他们能够从失望中找到格调高尚的警句和格言。"

本书的命运充满了矛盾。塞万提斯写书的目的是通过虚构的情节来排遣进入晚年时的忧郁心情，我们在研究这本书时，希望从中找到老年塞万提斯的特征。令我们感动的不是马哈穆特或吉卜赛姑娘[2]，而是想象中的老年塞万提斯本人。

米格尔·德·塞万提斯《训诫小说》，收入《西班牙语经典作家丛书》，豪·路·博尔赫斯作序，埃梅塞出版社，一九四六年，布宜诺斯艾利斯

王银福　译

1　Matteo Bandello（1480—约1560），薄伽丘《十日谈》的模仿者。——原注
2　均为《训诫小说》中的人物。

威尔基·柯林斯《月亮宝石》

　　一八四一年，一位生活在贫困中的天才作家在费城发表了《莫格街谋杀案》。这是文学史上第一部侦探小说。这位作家就是埃德加·爱伦·坡。他的作品对文学界产生的影响也许远远超过作品本身的成就。这篇小说的发表确立了侦探小说写作的基本原则：扑朔迷离，似乎难以侦破的命案；坐在办公室里，运用自己的想象力和逻辑推理将案情查明的侦探；以及侦探的某位身份不明的朋友所提供的案情。小说中的侦探名叫奥古斯特·杜宾，随着时间的推移，他演变成了夏洛克·福尔摩斯。大约过了二十多年，出版了法国人埃米尔·加博里欧[1]的小说《勒鲁日案件》和英国人威尔基·柯林斯写的《白衣女人》与《月亮宝石》。对这两部小说，应该在文学史上给予最充分的尊重。切斯特顿认为这两本书超过了同时代最受欢迎的同类小说。斯温伯恩曾怀着极大的热情革新了英语的乐感，他说《月亮宝石》是一部经典之作。菲茨杰拉德是欧玛尔·海亚姆作品的出色的翻译者（同时也几乎是创造者）。他指出，在《月亮宝石》、菲尔丁和简·奥斯汀的作品中，他更喜欢《月亮宝石》。

威尔基·柯林斯是位情节大师，他善于构造跌宕起伏的情节、扣人心弦的险情和出人意料的结局，通过小说中的人物之口，他将故事情节逐步展开。这种写作方法可以制造各种看法之间强烈的、往往还带有讽刺意义的对立。它可能起源于十八世纪的书信体小说，而且对勃朗宁的著名诗歌《指环和书》也具有影响。在这首诗中，十个人相继叙说同一件事。事实本身不变，但对事实的解释却各不相同。同时，我们还不应该忘记福克纳和离我们更远的重新演绎勃朗宁作品的芥川[2]在

1 Emile Gaboriau（1835—1873），法国侦探小说家，《勒鲁日案件》是1866年问世的系列侦探小说，塑造了勒考克侦探。加博里欧被誉为"法国的爱伦·坡"。
2 即日本小说家芥川龙之介（1892—1927），自幼受日本古典文学熏陶，上中学后又广泛涉猎欧美文学。

写作方法上所做的开拓性探索。

《月亮宝石》描写的情节是令人难忘的，同样令人难忘的是出现在书中的那些生动活泼、栩栩如生的人物。例如贝特里奇，他曾经一遍又一遍地阅读《鲁滨孙漂流记》；又如仁慈的阿伯怀特，有点残疾但却充满爱意的罗莎娜·斯伯曼，"卫理公会的巫婆"克拉克小姐，以及英国文学史上的第一位私人侦探卡福，都给人留下了深刻的印象。

诗人托·斯·艾略特曾说过："当代任何一位小说家都可以从柯林斯那里学到如何吸引读者的艺术，只要小说这一形式还存在，就应该探讨设计各种情节的可能性。现代冒险小说正危险地重复着同一种套路：第一章，一个人所共知的管家发现了一件人所共知的罪恶行径；小说的最后一章，当读者发现了人所共知的罪犯之后，'私人侦探'也发现了人所共知的罪犯。而威尔基·柯林斯所运用的写作手法却变化无穷。"事实上，侦探小说更多采用的文学形式是短篇，而不是长篇。侦探小说的创立者切斯特顿和爱伦·坡也更喜欢采用短篇。为了避免使自己笔下的人物成为某种简单套路或结构中的一部分，柯林斯创造了那些有血有肉、令人信服的人物。

柯林斯的父亲是一位风景画家，名叫威廉·柯林斯。柯林斯是家里的长子，一八二四年出生在伦敦，卒于一八八九年。他的作品题材多样，情节明了却绝不简单，从不拖沓和纷乱。他生前当过律师、演员，也抽过鸦片，是狄更斯的密友，两人还曾经合作过。

读者如果有兴趣，可以查阅爱里斯写的传记（《威尔基·柯林斯》，一九三一年）、《狄更斯书信集》以及艾略特和斯温伯恩的论文集。

威尔基·柯林斯《月亮宝石》，豪·路·博尔赫斯作序，埃梅塞出版社，一九四六年，布宜诺斯艾利斯

王银福 译

圣地亚哥·达沃韦《死神和他的衣裳》

　　莎士比亚幻想出来的一个人物曾经说过：我们都与梦同质。对于大多数的人来说，这种说法只不过是一番沮丧的感叹或一个隐喻罢了，而就玄学家和神秘主义者而言，则是对真理的直截而确切的阐明。（不知道莎士比亚对此作何解释，也许他的那些不朽的词句的铿锵声就足以说明问题。）马塞多尼奥·费尔南德斯对此倒没有提出过新的见解——也许不再有新意——但是他却对永恒的观念一而再再而三地进行探索与思考；对于事物的梦的属性，作了可贵的既儒雅又热情的理性思索。大约在一九二二年间，我在朋友圈子里结识了圣地亚哥·达沃韦。只要浏览若干小时马塞多尼奥·费尔南德斯的作品，便可以使我们转向唯心主义。他对贝克莱的怀念之情及其奇妙而大胆的假设，都令人感慨。至于圣地亚哥·达沃韦，我猜测他可能认为这可怜的人生不过是一枕黄粱。虚无主义与苦涩人生，把他引向梦呓之途。为了这一场带有一九六〇年印记的梦幻或现实，圣地亚哥溘然谢世，旋而长存于这一本书所构想的梦境与现实之中。

每一个星期六——在过去的一段以年计算的时间里——我们都要在胡惠街的一家歇业的糖果店内参加由马塞多尼奥召集的聚会（如今这几乎是一段传奇式的佳话了）。在这样的聚会里，我们有时甚至作通宵达旦的长谈。我们的话题，通常是有关哲学与美学方面。对政治的热情还没有吞没对其他问题的兴趣。我们似乎还自认为是个人主义-无政府主义者，然而对我们来说，克鲁泡特金或者斯宾塞却并不比隐喻的运用或者所谓自我的不存在性更重要。马塞多尼奥是在不知不觉中引导着我们的对话，而作为听讲者，我们又不以为奇地认为那些长久地影响着人类的人物——毕达哥拉斯、佛陀、苏格拉底、耶稣基督，似乎都宁可用口头语言而不用书面文字……这一种热情而又抽象的文化聚会的典型特点，就是一般地都抹去个人色彩。我对圣地亚哥的生平事迹与事业成败所知甚少，只知道他曾经在一家赛马场任职，在莫隆居住——莫隆是一个他家祖祖辈辈一直居住的镇子。不过，我想，以一个人能被另一个人了解的程度而言，我对他的认识很全面。我觉得可以采用故事的方式为他作真切的介绍——如同毕达哥拉斯所喜欢的那样，以观众的身份。岁月悠悠，他当年在祖辈居住的镇子里怡然自若地过着消闲的生活：拨着吉他，吸着粗制的香烟，啜着马黛茶。他居住的几套老式的带天井的房屋；宅院的后面，有一片空地，那是菜园。在一大片光影斑驳、枝叶扶疏的葡萄藤之下，在庭院处处、房墙高立的居所之内，漫步着圣地亚哥，他琢磨着、编织着自己的梦。

有一次，他微笑着向我们讲起他自己已经掌握有充分的可以撰写一部长篇小说的素材——因为他一直生活在莫隆；马克·吐温对密西西比河也怀有同样的想法：那开阔而深暗的水面，年复一年地流淌着，也许形形色色的人生，就是在地球的某一个地方粉墨登场，或者在某一个个人身上得到反映。至于自然主义的概念或者偏见——作家应该探索诸多有关课题，达沃韦认为它更接近于新闻而不是文学。我记得曾经跟他探讨过德·昆西或者叔本华的一些文章片段，我还觉得他所阅读的都是偶然得到的篇目。除了某些旧好之外——显然有对于《堂吉诃德》与爱伦·坡的也许还有对于莫泊桑的，他对书面语言不怀很大的希冀。他曾经跟其他人一样，从人文的角度盛赞过歌德。音乐，对他来说，不仅仅是感情上的而且还是智识上的享受。他本人弹奏技巧很高，但他更喜欢欣赏别人演奏，更喜欢作音乐分析。

我还记得他的一些观点。在马塞多尼奥的文化聚会上，就谈论过探戈乐曲到底是欢快还是忧伤的问题。由于每个人都把对方引以为典型的乐曲斥之为例外，所以始终没有对《七词曲》与《唐璜》的感情色彩的问题达成一致的看法。圣地亚哥静静地谛听着我们的讨论，最后表示，争论是徒然的，因为任何旋律，即便是一首最差劲的探戈乐曲，也要比简单的形容词"忧伤"或者"欢快"复杂和丰富得多。他并不喜欢探戈舞曲，他喜爱拉普拉塔河沿岸人民的史诗般的叙事和英雄好汉的演义——不过他的话不带什么赞扬与感慨的语气。我不会忘记他讲的一则轶事：在布宜诺斯艾利斯省一个村镇的一家简陋房屋的落成仪式上，那些曾经去过首都的"好小子"还得向着那些年纪大些的喜欢在门道里或露天下谈情说爱的"坏小子"描述对他们来说是奇异的建筑形状。这一情景想必会使莫泊桑颇感兴趣。

圣地亚哥厌恶徒劳无功的事物更甚于其不现实性，而这两种感情共存于幻想小说之中——爱伦·坡和卢贡内斯的《奇异的力量》即为人们所共知的范例。这一部遗著中所有的篇目，都可以归类到理性想象的作品之列。但是分类只是为了方便起见或者说形同标签而已。我们甚至还不能确定宇宙到底是幻想文学的标本抑是实在论的标本。

岁月磨损人的劳动成果，但是却自相矛盾地对某些分散的、稍纵即逝的东西加以宽容。我们的一代代后人肯定不会让这样一部别具特色、气氛悲凉的小说化作尘土、自行消亡的。

如同佩罗和他的兄弟胡利奥·塞萨尔一样，圣地亚哥是友善的天才，是运用马塞多尼奥·费尔南德斯式的方言描写的天才。

圣地亚哥·达沃韦《死神和他的衣裳》，豪·路·博尔赫斯作序，阿尔坎达拉出版社，一九六一年，布宜诺斯艾利斯

纪棠 译

马塞多尼奥·费尔南德斯

　　马塞多尼奥·费尔南德斯一生喜欢思索，并从中得到许多真正的乐趣，但他不轻易付诸行动。他的传记至今仍无人写过。

　　马塞多尼奥一八七四年六月一日生于布宜诺斯艾利斯，一九五二年二月十日死于该市。大学学的是法律；偶尔也曾在法庭上为人争讼。本世纪初，他在波萨达斯市 [1] 联邦法院当书记员。一八九七年左右，他和胡利奥·莫利纳－贝迪亚、阿图罗·穆斯卡里一起，在巴拉圭建立了一个无政府主义村落，这个村落的寿命也没有长过其他类似的乌托邦。一九〇〇年前后，他与埃莱娜·德·奥维塔结婚，埃莱娜给他生了几个孩子。埃莱娜死后，作为对她凄楚的哀悼，他写了一篇著名的挽歌。马塞多尼奥非常喜欢结交朋友。就我所记得的，有莱奥波尔多·卢贡内斯、何塞·因赫涅罗斯、胡安·胡斯托、马塞洛·德尔马索、豪尔赫·吉列尔莫·博尔赫斯、圣地亚哥·达沃韦、胡利奥·塞萨尔·达沃韦、恩里克·费尔南德斯·拉托尔和爱德华多·希龙多。

马塞多尼奥·费尔南德斯在我心目中的形象是亲切的，但又确实有点神秘。一九六〇年末，我凭着我的记忆（有些记忆是忽隐忽现的），口授并请人记下流逝的岁月尚未磨去的印象。

在我的已经算是很长的生命历程中，我同诸多名人谈过话；没有一个给我的印象可以和他相比，连接近一点的都没有。他试图掩藏他非凡的智慧，而不是把它展示出来。大家交谈时，他置身话外，然而他却是谈话的核心。他喜欢使用询问的口气，虚心商讨的口气，而不喜欢权威式的断语。他从不长篇大论地发表意见；他的话都很简短，甚至只说半

1　阿根廷米西奥内斯省首府。

句。语气中常带着犹豫、谨慎。我能模仿他那谦和的、被烟草弄得沙哑的嗓音，但我无法准确地把它描绘出来。我还记得他那宽大的前额，颜色难以捉摸的眼睛，灰色的长发和两撇灰胡子，短小的身材和几乎有点俗气的样子。他的肉体几乎成了灵魂的借口。没跟他打过交道的人，只要想一想马克·吐温或瓦莱里的肖像，就可以知道他的模样了。说他像马克·吐温，他可能会高兴；说他像瓦莱里，他不大会高兴，因为我猜想他会觉得瓦莱里是个专爱谈琐事的饶舌鬼。他对法国事物的喜爱太有限了。雨果是我过去和现在都很敬仰的人，我记得我听他这样说过雨果："我跟这个法国佬一起离开那里。他真叫人受不了，读者都已经走了，他还在那儿讲个没完。"两位拳击运动员卡庞捷和登普西的著名争霸战那天晚上，他对我们说："登普西一出拳，那个法国小子就得掉到台下来，他还会求人家把钱还给他，说比赛时间太短了。"他判断西班牙人的是非，喜欢以塞万提斯的标准为标准，而不是按照格拉西安和贡戈拉的说法。塞万提斯是他崇敬的偶像之一，而格拉西安和贡戈拉对他来说，简直是灾难。

我从我父亲那里继承了与马塞多尼奥的友谊和对他的崇

拜。我们大约是在一九二一年从欧洲回来的，在那之前我们在欧洲待了好几年。回来之后，开始一段，我很怀念日内瓦的书店和我在马德里发现的每日海阔天空神聊的那种生活方式。在我认识了，或者说，重新认识了马塞多尼奥之后，我才摆脱了那种眷念。离开欧洲之前最后一件令我激动的事，是和犹太血统的西班牙大作家拉斐尔·坎西诺斯-阿森斯的谈话。他集所有的语言和文学于一身，就好像他自己就是欧洲，就是欧洲的今天和昨天。我在马塞多尼奥身上发现的是另一种东西。他就仿佛是人类的始祖亚当，在天国思考和解决着重大问题。如果说坎西诺斯是时间的总汇，那么马塞多尼奥就是从不衰老的永恒。他认为博览群书是徒劳之举，是堂而皇之地逃避思索的一种方法。一天下午，在萨兰迪大街[1]的一处院落里，他对我们说，他要是能到田野上去，晌午时分躺在大地上，闭上眼睛，摆脱令我们分神的身边事物进行思索，他能立马破解宇宙之谜。我不知道他是否获得了这种快乐，但是他肯定已隐约见到。马塞多尼奥逝世后，过了若

1　布宜诺斯艾利斯东部街名，南北走向。

干年，我在一处地方读到这样一个说法：在某些佛寺里，方丈用一张张圣像当引火，用经书作手纸，目的是教导小和尚，让他们明白：那字句是叫人死，精意是叫人活。我觉得这个奇闻和马塞多尼奥的思维方式正不谋而合；不过，马塞多尼奥性格怪异，我若对他讲这事，他一定会不高兴的。禅宗的信徒不乐意别人跟他们谈论禅宗的历史根源；同样，马塞多尼奥也不乐意人家跟他讲某种情况下的某种做法，而不是讲眼下在布宜诺斯艾利斯这儿实实在在发生的事。存在的本质是一场梦，这本是马塞多尼奥喜欢谈论的话题之一；但是，有一次，我冒昧地告诉他，有个中国人梦见自己变成了一只蝴蝶，醒来不知道自己是一个曾在梦中变成蝴蝶的人，还是一个现在在梦中变成了人的蝴蝶，这时马塞多尼奥没有在这个古老的镜子中认出他自己，而只是问我我讲的那篇东西写于何时。我告诉他是公元前五世纪，他说汉语从那时到现在已经发生了太多的变化，故事里恐怕只有"蝴蝶"这个词的词义能算得上是准确的。

马塞多尼奥，尽管有时在表达上缓慢，他头脑的活动却是迅速而不间断的。他不管别人是赞成，还是反对，总是不受干扰地保持他的思路。记得，有一次，他把某种看法归于塞万提斯，当时有个冒失鬼指出在《堂吉诃德》多少多少章写着完全相反的话，马塞多尼奥没有因这个小小的障碍就改弦易辙，他说："不错，是这样的。不过，塞万提斯这样写是为了不得罪警官老爷。"我的表弟吉列尔莫·胡安在圣地亚哥海军学校学习，他有一回去看望马塞多尼奥，马塞多尼奥说，那个海军学校乡下人很多，所以那儿的人成天弹吉他。我表弟说，他在那儿待了几个月了，没听见谁弹吉他呀。马塞多尼奥对这个否定回答处之泰然，就仿佛那是支持他的看法似的，他以附和别人的口气对我说："你瞧，整个一个吉他俱乐部。"

冷漠令我们设想别人都和我们自己一样；马塞多尼奥·费尔南德斯犯的一个好心的错误，就是以为所有人都跟他一样聪明。首先是阿根廷人，因为很自然阿根廷人是他接触得最多的。我母亲就曾批评他拥护或拥护过历届各不相同的每一位共和国总统。他会在一天之内从崇拜伊里戈延[1]转到

---

1 Hipólito Yrigoyen (1852—1933)，1916 年至 1922 年，以及 1928 年至 1930 年两度任阿根廷总统。

崇拜乌里武鲁[1]，这样一百八十度的大转弯，来自他认为布宜诺斯艾利斯绝不会搞错的信念。他钦佩霍苏埃·克萨达，或者恩里克·拉雷塔，那是因为大家都钦佩他们，对他来说，这就够了，不一定要先读读他们的著作。对阿根廷的迷信竟促使他提出这样的看法：乌纳穆诺，还有其他一些西班牙人，他们确实思考过，而且往往还思考得很认真，因为他们知道，他们的著作将传播到布宜诺斯艾利斯，接受这里读者的检验。马塞多尼奥喜欢卢贡内斯这个人，欣赏他的文学才能，他们是很要好的朋友；但是，有一回他突发奇想，要写一篇文章来表达他的诧异：卢贡内斯读了那么多书，又那么有才能，为什么不从事写作？"他怎么不给我们作首诗呢？"他问。

马塞多尼奥深谙静坐独处的艺术。阿根廷人长期在几近荒芜的土地上放牧生活，养成了我们独处而不厌烦的习惯；使我们失去这个美好能力的罪魁祸首，是电视、电话，甚至可以说还包括书报。马塞多尼奥就有本事一连数小时一个人待着，一动不动。有一本非常有名的书，讲述一个男人如何

1　José Félix Uriburu（1868—1932），1930 年至 1932 年任阿根廷总统。

一个人待着，等待着；而马塞多尼奥一个人待着时，还是什么都不等的，他将自己的身心置于缓缓流淌的时间长河之中，任其徜徉。他已经使自己的感觉器官习惯于不去感受任何不愉快的事情，而停留在任何一种愉悦之中，比如英国烟草的香味，烘烤过的马黛茶的香气，或者一部西班牙式皮面精装书（我记得有一本叫《作为意志和表象的世界》）的气味。命运不济，令他不得不住在九月十一日地区或法院地区膳宿公寓的简陋房子里，没有窗户，或是只有一个通向窄小天井的窗户。我打开他的屋门，他就在那里待着，坐在床上或一把直背椅子上。他给我的印象是，他已经几个钟头不曾动一动了，那地方憋闷，有点死气沉沉，可他似乎并不觉得。我没有见过像他那么怕冷的人。他总是披着一块浴巾，从肩部搭到胸前，像阿拉伯人那样；再戴上一顶车夫用的毡帽或是黑色草帽，整个结构就完整了（就像石版画上裹着毯子的高乔人）。他喜欢讲他的"热慰术"；所谓"热慰术"，实际上就由三根火柴构成，他同时划着这三根火柴，摆成扇形，放在肚皮近旁。左手把握这个短暂微弱的热源点；右手摆弄某种美学或玄学类的假设。冬天，他因为担心夜里会突来寒流造成危险的后果，常穿着衣服睡觉，而不在乎床上太热。他认为胡子有助于维持温度稳定，是防止牙痛的天然屏障。他对营养学与美食这个话题很感兴趣。一天下午，他长时间对蛋白酥和夹心饼干各自的优缺点发表看法；在做出公正的、面面俱到的理论探讨之后，他表示他站在克里奥尤类甜点一边。随后，他从床底下拉出一个布满灰尘的小箱子，扒开箱子里的手稿、茶叶、香烟，从箱子底儿掏出一包东西，看不出是什么，已经完全失去了夹心饼干或蛋白酥的样子，他坚持请我们尝尝。这些逸闻趣事可能会让人觉得可笑；我们当时就觉得可笑，还一讲再讲，有时甚至添油加醋，但是这丝毫没有影响我们对他的崇敬之心。讲马塞多尼奥，我不想漏掉什么。现在，当我翻出这些荒唐琐事时，我仍然认为这些琐事的主人公是我所认识的最了不起的人。毫无疑问，鲍斯韦尔对待塞缪尔·约翰逊也是这样。

马塞多尼奥·费尔南德斯不把写作看做是一件必须做的事。他活着是为了思索（在我所认识的人中没有一个达到他那样的程度）。他每天都投入到思想的翻腾变化和惊喜之中，就像游泳者投入江河。写东西就是思索，这种思索方式，在他是非常容易的。他思路敏捷就如同他写出的作品那样。无论是在他独处的陋室中，还是在喧闹的咖啡馆里，他写起东西来，总是一页接一页连绵不断，而且字体极其秀美。在不知打字机为何物的那个时代，清晰的书法被认为是高尚修养之一。他随手写的最一般的书信，都透着智慧，都有着丰富的内涵，毫不逊于付梓出版的稿件，或许在风趣方面还要更胜一筹。马塞多尼奥一点也不重视他写下的话：平常他的手稿，不管是思辨类的，还是文学类的，就堆在桌子上，或塞在抽屉里、柜子里，每到搬家的时候，他都不带着。很多就这样丢掉了，恐怕再也没法找回来了。记得我曾说他不该这么漫不经心。他对我说，设想我们会丢掉什么，那是妄自尊大，因为人的头脑是很可怜的，它注定要不断地找到、丢掉，然后再找到同样的东西。他写东西写得快的另一个原因，是他轻视词语的读音，不讲究句子是否悦耳，他还不思改正。"我又不是读字母的音。"有一次他这样说。卢贡内斯、达里奥等人的著作在正音学方面的追求，他认为完全没有必要。他认为诗在字里，在思想里，或者说是在对宇宙的美学解释里。我在上了年纪后，觉得诗基本上是在句子的语调里，在句子的呼吸里。马塞多尼奥在音乐里寻找音乐，而不是在语言里寻找音乐。但这并不妨害我们在他的作品中，首先是散文中，体会到一种自然而然的乐音，一种符合他个人发声节拍的乐音。马塞多尼奥对小说的要求，是所有人物在道德上都应是完美的；我们这个时代的主张似乎正相反，唯一非常可敬的例外是萧伯纳，他构思和塑造了许多英雄和圣人。

在马塞多尼奥礼貌的微笑和退避三舍的姿态后面，隐藏着两怕：怕痛、怕死。怕死，导致他否认自我，这样可以不承认存在着一个会死去的我。怕痛，导致他否认肉体的疼痛会很强烈。他试图说服他自己，也说服我们大家，让我们相信，人的机体不可能体验到强烈的快乐，因而也不会体验到强烈的疼痛。拉托尔和我一起听到他讲过一个生动的比喻，他说："在一个一切快乐都来自玩具商店的世界里，疼痛也不可能出自铁匠铺。"你要是驳斥他，说快乐并不都来自玩具店，而且世界也没有理由就一定是对称的，那肯定也是白说。马塞多尼奥为了不去面对牙医的钳子，经常坚持不懈地晃动有问题的牙齿。操作的时候，是左手挡着，右手去晃动。我不知道，他几天、几年坚持下来，是否真的功夫不负有心人。

一般人在将要承受疼痛时，本能的做法是尽量不去想它；马塞多尼奥却相反，他认为我们应当事先设想一下那疼痛和一切有关的情况，以免事到临头吓我们一跳。他自己就是这样做的，什么候诊室、半开半掩的门、问候的话、手术椅、医疗器械、杀菌剂的气味、漱口的温水、血压、灯光、探针，以及最后的一拔等，他都要事先想到。这种想象的预备功夫要做得很到家，不给任何意外留下可乘之机才行；马塞多尼奥下的功夫总是不够圆满。或许，这个方法只不过是用来解释困扰着他的各种可怕形象的一种方式而已。

他对名声的机制感兴趣，而不在乎获得名声。有一两年，他搞了一个庞大而不太具体的成为共和国总统的计划。很多人盘算着怎样开一个雪茄烟店，而几乎没有人打算当总统；他从这个统计数据推导出一个结论，就是当总统比当烟店老板要容易。我们中间有人提出，也可以得出结论说，开一家雪茄烟店比当总统更难；马塞多尼奥庄重地表示同意。"最要紧的，"他一再强调说，"是扩大知名度。"在某个大报的增刊上撰写点稿件很容易，但是用这种方法获得的知名度，会像胡利奥·丹塔斯或四十三号香烟牌一样俗气。最好是用一种更为巧妙、带点神秘色彩的方式，潜移默化地博得民众的好感。马塞多尼奥决定利用他奇特的教名；我的妹妹和她的朋友把马塞多尼奥的名字写在小纸条或小卡片上，然后很用心地把纸条和卡片忘记在咖啡馆、有轨电车、林荫小道、住宅门廊、电影院等地方。另一个技巧是博得外国团体的好感；马塞多尼奥曾以梦幻者的庄重对我们讲起，他如何将叔本华的一部不太完整的书放在德国俱乐部，里面有他的签名和铅笔写的批注。这些策划基本上是想象中的，具体做起来不可能操之过急，因为我们得小心行事；但是，这些策划促成了编撰一部以布宜诺斯艾利斯为舞台的长篇小说的计划，我们商定几个人合写。（如果我没有搞错的话，胡利奥·塞萨尔·达沃韦仍保留着头两章的手稿；我觉得我们本来会完成的，但是马塞多尼奥太拖拉了，因为他喜欢说，不喜欢做。）小说的题目叫《将成为总统的人》；故事中的人物就是马塞多尼奥和他的朋友，书的最后一页将向读者揭示，书的作者就是书中的主人公马塞多尼奥·费尔南德斯，以及达沃韦兄弟、豪尔赫·路易斯·博尔赫斯和卡洛斯·佩雷斯·鲁伊斯。其中，博尔赫斯在第九章的末尾自杀身亡，佩雷斯·鲁伊斯有一段关于彩虹的出格的冒险经历，还有其他一些事情。书中交织着两条线索：一条明的，讲马塞多尼奥为当共和国总统如何奔忙和他的奇异遭遇；另一条是暗的，描写一批神经衰弱的，或许有点疯狂的百万富翁，为了同样的目的，怎样施展阴谋诡计。这帮家伙决定用一系列一个比一个更加恼人的发明创造来瓦解和破坏民众的抵抗。第一个发明创造（也是启发我们写这本小说的一项发明创造）是自动加糖器，它实际上只会妨碍往咖啡里加糖。之后还有：两用笔，这笔两头都有笔尖，很容易刺到眼睛；又高又陡的楼梯，每级台阶都不一样高；经常刮破手指，还被大肆推广的梳头-刮胡两用器；用两种完全不同的新材料制成的各种器具，大的很轻，小的很重，让我们拿它们的时候经常上当；在推理小说中，把不同的段落搀混在一起，还一再重复；莫名其妙的诗；达达主义或立体主义绘画。第一章基本上是描写一个年轻乡下人的困惑和担心，他听人家讲没有自我、因而他也并不存在这套理论，感到不可理解。这一章里只出现了一个装置：自动加糖器。第二章出现两个，但都是侧面的、稍纵即逝的；我们的意图是逐步增加。我们还设想，随着情节变得疯狂，写作风格也疯狂起来。第一章我们采用皮奥·巴罗哈－内西[1]式的对话语气；最后一章应该是克维多作品中最最巴罗克式的写法。最后是政府倒台；马塞多尼奥和费尔南德斯·拉托尔入主玫瑰宫；但是，在那样一个无政府主义的世界里，一切都已经毫无意义了。这篇未完成的小说，本会在一定程度上不经意地反映那个《名叫星期四的人》的。

对马塞多尼奥来说，写作没有思想重要，出版的重要性还比不上写作，也就是说，出版不出版几乎无所谓。弥尔顿和马拉美把作一首诗或写一篇东西，看做是活着的理由；而马塞多尼奥想了解宇宙，想知道谁存在过或某人是否存在过。写作和出版对他来说是次要的。马塞多尼奥不仅谈话富有魅力，不仅给了我们他不轻易给予的友谊，还给我们做出了榜样：怎样以一种智识的方式生活。今天自称为知识分子的人，实际上并不是知识分子，因为他们把智慧当做职业或行动的工具。马塞多尼奥是个纯粹在一旁静观的人，他偶尔也

1　Pío Baroja y Nessi（1872—1956），西班牙小说家，早年受无政府主义思潮影响，后转向悲观主义和怀疑主义，有六十余部中长篇小说，人物众多，多属中下层社会，作品由若干故事串联而成，语言简洁明快。

屈尊写一点东西，发表出来的就更少。为了介绍马塞多尼奥这个人，除了讲他的逸闻趣事，我没有找到更好的办法；但是，那些值得纪念的逸闻趣事也有不利的一面，就是会把故事的主人公表现为一种机械的实体，他不断地重复着同一类笑话——已成为经典的笑话，或者总是同一个结局。马塞多尼奥的言谈则是另外一回事，他的言谈总是出人意料，惊世骇俗。我很想以某种方式重现马塞多尼奥的本来面貌，重温往日的那些快乐，那时我一想到在莫隆的家里或在九月十一日地区住着一位颇有魔力的人，就感到异常欣慰。他无忧无虑的存在比我们每个人个人的幸与不幸要重要得多，这是我的感觉，也是我们之中其他一些人的感觉，可我表达不出来。

马塞多尼奥否认在世界的表象之后存在着永恒的物质，否认能够感受这个世界表象的自我，但是他承认一个现实，就是激情，它表现在各类艺术和爱之中。我猜想，马塞多尼奥一定觉得爱比艺术更为神奇。这项比较根据的是他的情感特征，而不是他的学说，因为他的学说是否认自我的（这我们已经提到了），因而也否认激情有主体和客体，他只承认存在激情，激情是唯一的现实。马塞多尼奥跟我们说，身体互相拥抱只不过是一个灵魂向别的灵魂做出的一种表示（也许他说的是问候），但在他的哲学中是没有灵魂的。

马塞多尼奥和吉拉尔德斯一样，允许别人把他的名字和所谓的"马丁·菲耶罗"一代联系起来。这个"马丁·菲耶罗"一代的贡献是：向布宜诺斯艾利斯有关各方就未来主义和立体主义做了迟到的、不太专业的介绍。马塞多尼奥与他们只是有些个人交往；把他包括在那一代之中，比把吉拉尔德斯包括进去更没有道理。《堂塞贡多·松勃拉》来自卢贡内斯的《游吟诗人》，正如整个极端主义[1]来自《伤感的月历》，而马塞多尼奥活动的圈子要广泛得多、大得多。马塞多尼奥并不太讲究文学技巧。他热爱城郊居民和高乔人，这使他喜欢跟他们开一些善意的玩笑。在一张民意调查表上，他宣称高乔人是马的一种消遣，他说："老待在地上！那么爱走路！"有天下午，大家谈到使巴尔瓦内拉区[2]公所大大出名的选民闹事事件，马塞多尼奥说："在那次危险的大选中，我们巴尔瓦内拉的居民都死光了。"

1　第一次世界大战后西班牙和西班牙语美洲的诗歌运动。
2　九月十一日地区的正式区名。

马塞多尼奥给我们留下了他的哲学主张和他一贯的、微妙的美学观点；不仅如此，他还为我们提供了——至今仍在继续提供着，一个男人无可比拟的表演：在激情和思索中生活，不在乎名望的兴衰。我不知道拿马塞多尼奥的哲学和叔本华或休谟的哲学相比较，会显示出哪些相似之处或不同，我们只要知道，一九二几年在布宜诺斯艾利斯，有个人反复思索和发现了某些永恒的东西，就够了。

《马塞多尼奥·费尔南德斯》，博尔赫斯选编并作序，阿根廷文化出版社，《一个半世纪丛书》，一九六一年，布宜诺斯艾利斯

赵士钰　译

高　乔　人

　　一个骑手，一个跨坐在驯服的马背上傲视地面的男子汉，竟一代又一代地触动人们本能的关注——它最为显著的象征则是作骑马姿势的人物雕像。罗马早就在军事与社会领域使用过这一象征语言。谁都知道在词源学上，caballero（骑士）这个词与德文 Ritter（骑士爵士）和法文 chevalier（骑士）的词义相近。大不列颠诸岛文学评论界强调叶芝的诗文中的 rider（骑手）一词的分量与价值。这样的骑手，在我们往昔的这一片土地就叫高乔人。但一切都已消失。只留下一派旧日的粗犷而孤独的威仪。

　　塞缪尔·约翰逊说过，水手与士兵的职业具有危险的尊严，我们的高乔人也具有这种尊严，他们跋涉于潘帕斯大草原和陡峭的山峰，苦斗于露天、蛮荒与畜群之间。已经无法判断他们的种族。作为被人忘却的当年的征服者或者移居者偶成的子孙，他们或者是印第安混血儿，有时是黑人混血儿，或者是白人。他们成为高乔人——那是命运。他们学会战胜荒漠与艰苦的艺术。他们的敌人是窥伺于不祥的地平线后面的突然袭击，还有饥渴、野兽、干旱、野火等。接踵而至的是自由运动和无政府主义。他们没有像他们的远西地区[1]的远房兄弟那样成为冒险者或者成为处女地与黄金矿脉的探索者，而是让战争卷得很远，并在大陆的陌生之地，为了也许始终未能领会的抽象的"自由"、"祖国"的概念，为了某一个口号或者一位首领，而献出了坚忍而淡泊的生命。在那些艰险跋涉的间歇期间，倒也过得逍遥自在：他们在心爱的吉他上，慢悠悠地调弦定音，吟多于唱，他们作掷骨游戏、马术比赛，在篝火旁围着轮转桌子啜饮马黛茶，为了打发时间而不是出于贪心玩"摸三张"。他们在这些方面无疑是颇有名气的。

一八五六年，惠特曼写道：

---

1 指19世纪美国开发西部，强迫印第安人往西迁徙。高乔人是南美印第安人和西班牙人混合血统，故有下文"远房兄弟"之说。

我瞥见高乔汉子横越草原，

我瞥见举世无双的高乔骑手在马上挥扔套索；

我瞥见他们在潘帕斯大草原上追逐不驯的牛群。

半个世纪之后，里卡多·吉拉尔德斯用抒情的语调，再次歌唱这一游牧者的形象：

潘帕斯大草原的象征，真正的男子汉，

豪放的斗士，

爱情、勇气、

桀骜不驯！

高乔汉子——更确切的称呼，

这传奇的人物，

他风尘仆仆，迎风振衣，

无往而不胜。

信心

坚定不移，

意志

始终不渝，

"一身腱子肉"的男子汉呵，

在草原上

快马驰骋、信步遨游；

而生命，掌握在

勇猛的双手之中。[1]

　　高乔人的贫穷却拥有一份奢华：勇气。他们信奉并且继承了（塞萨尔早已明白此事）短兵器的战术；他们左肩披着斗篷——形同一面盾牌，右手直握一柄短刀，或者与人决斗，或者——如果是北方的猎虎者——与美洲虎拼搏。他们所施展的是一股义无反顾的勇气。在奇维科伊县，我就听人谈起一个高乔人为了与另一个人作一次体面的决斗而跑遍了半个

---

1 《堂塞贡多·松勃拉》余音袅袅，别具风韵。一方面，有些国际性的人物前来拜访（克舍林、雷耶斯），另一方面，阿雷科地方的著名的刀客要与之评理，而他的儿子"公牛"和安德烈斯·索托则为他在文学上的荣誉而感到不安。老堂塞贡多是一个安分守法的人，他在荣誉与忧虑之中死去。——原注

省份。在时间的长河中，这类事例屡见不鲜，但是我觉得不应该夸大高乔人的凶猛——这是由于周末那刺激人的酒精在某些人身上引起的后果。埃尔南德斯那本受人推崇的《马丁·菲耶罗》以及爱德华多·古铁雷斯笔下的刀客传记，都借书中的主人公向我们展示了我们的草原人的风范。实际上，那些已被萨缅托定了型的不驯的高乔人，只不过是其中的一个类型而已。马特雷罗——在圣尼古拉斯的庄园里人称"黑蚂蚁"、在乌拉圭东岸共和国则号称"肯克河之虎"，还有率先袭击庄园的克利努多·门查卡，幸好都是分散活动的，不然的话他们可能不会分别见诸传奇了。奥斯卡·王尔德在一则短文中向我们指出：大自然在仿效艺术。波德斯塔兄弟可能影响了豪爽的河岸人的性格的形成，或者说在土生白人的影响下，最终为他们所创造的人物同化。埃瓦里斯托·卡列戈，第一位歌颂布宜诺斯艾利斯郊外景色的作家，于一九〇八年写了一首长诗《硬汉》，"无限虔诚地献给圣胡安·莫雷拉"。上个世纪末或者本世纪初，在警察局的档案中，还对那些扰乱社会秩序者的材料上注有"妄图成为莫雷拉"的指控。其实毋庸赘言的是，在所有逃亡的高乔人中间，胡安·莫雷拉声望最高，而如今则为马丁·菲耶罗所取代。

艰苦的生活，迫使高乔人成长为骁勇之士。不过，他们的首领人物倒并不尽然如此：罗萨斯就是出了名的懦夫，在骑兵冲杀的年代，他竟热衷于不流血的骑术训练而臭名昭著。此外，高乔人中间也没有产生什么地方首领。阿蒂加斯、奥里维、古埃梅斯、洛佩斯、布斯托斯、基罗加、阿尔道、乌尔基萨，还有上面提到过的罗萨斯，他们都是庄园主，而不是雇工。在无政府状态的战争中，高乔人都各随其主。

这也许不是出于什么迷信。我的一位温文尔雅的朋友，向一名恩特雷里奥斯的士兵询问起狼人的情况——他们常常变作狗的模样出没于周末的夜间。被问的士兵莞尔一笑地回答道："老爷，您可别信——那是胡编的。"

阿斯卡苏比在他的一本书中称高乔人是为正义事业而战斗的士兵；该书还标有一个史诗式的书名：《保利诺·卢塞罗或拉普拉塔河沿岸的高乔人一边吟唱一边战斗到暴君胡安·曼努埃尔·德·罗萨斯及其帮凶垮台》。埃斯塔尼斯劳·德尔坎伯则在他的一本愉悦人的书中把高乔人描述为阿根廷最持重而坚忍的热情的化身；那是男子汉的情义。尔后，还可以读到善于铺陈与改编埃尔南德斯作品的莱奥波尔多·卢贡内斯的气势恢弘的《游吟诗人》。吉拉尔德斯的《堂塞贡多·松勃拉》（一九二六年）则是一派哀歌体的风韵。我们在一定程度上可以感受到它们所陈述的事件，都是在最后才得以一一呈现真貌。我们历史上的田园牧歌时代，已经离我们很远。

高乔人已经逝去，然而他们仍然活在人们的血液中，活在某些或隐或现的怀旧意绪里；而在文学上，则激发着城市人的灵感。我曾在这篇序言里列举了几本书卷，我还不想忽略胡德桑[1]的著作。这位出生与成长在潘帕斯草原的作家，为了更好地感受已经流失的东西，而去寻访流放者的偏远之地。

> 《高乔人》，豪·路·博尔赫斯作序；雷内·布里摄影，何塞·路易斯·拉努萨文字说明；穆奇尼克出版社，一九六八年，布宜诺斯艾利斯

纪棠　译

1　Guillermo Enrique Hudson（1841—1922），阿根廷作家、博物学家。

阿尔韦托·赫尔丘诺夫[*]
《回归堂吉诃德》

历史大事记、辞书和雕像，向人们提供的是伤感而冷漠的不朽；回忆、人际交往、爱情的轶事、优美的辞章中留存的却是亲切而热情的永恒。阿尔韦托·赫尔丘诺夫是一位无可争议的作家，而他的风华还超越作为一个文人的声誉之上。既无须假设，又不必探明，他体现的是一股最古朴的风韵，一股大师在书面文字上只看到纯粹口头语言的代号而不是什么神圣目标的古老风韵。毕达哥拉斯轻视书面文字；柏拉图发明了"哲学对话"，为的是要消除书籍的弊病，因为它们"答非所问"。亚历山大的克雷芒[1]还认为，在书中记事无异乎把利剑递到孩子的手中。拉丁箴言"话语不翼而飞，文字有迹长驻"[2]——如今人们从中所领略到的是一则劝人用笔墨确定思想的告诫，在当年却是借以提示要防止给人以文字立据的危险。除了以上几条例子之外，另外一些有关犹太或异教的事情自然也不少。我还没谈到一位最卓尔不群的善于作比喻的口语大师，他得知有人想用石头砸一个妇女，便若无其事地在地面上写下几个字——可至今还没有人读到过这些字呢。

如同狄德罗、约翰逊博士和海涅——有关他们的回忆录都很感人，阿尔韦托·赫尔丘诺夫也同样娴熟地驾驭口头语言与书面语言；他所著的书中洋溢着一派能言善辩的流利，而在他与人对话（我依稀谛听到他侃侃而谈）时，则有一股豪放而又准确无误的文学气息。在如此聪明的赫尔丘诺夫看来，智慧要胜过智力。在《光辉之书》[3]的神秘之树——亦即亚当·卡德蒙[4]之树上，智慧是属于神的第二个光荣的塞菲拉，而智力则位居其后。这类书籍就告诉我们，智慧存在于

---

* Alberto Gerchunoff（1883—1950），阿根廷作家，故事集《犹太高乔人》的作者。
1 Clement of Alexandria（150～约215），基督教护教士。
2 原文为拉丁文。
3 犹太教神秘主义喀巴拉派著作。
4 希伯来语意为"原初之人"。

《堂吉诃德》与《圣经》之中；这些书籍还伴随着我们的朋友作陆地上徒步跋涉、草原上的火车之旅，或者在甲板上迎着欢乐的洋面作航海之游。

塞万提斯遭遇的是乖戾的命运。他在一个文风浮华矫揉的世纪和国家里，却揭示了既作为典型又作为个人的人的本质。他创造与撰写了《堂吉诃德》，遂成为骑士文学的压轴书和西方文学的第一部心理小说。他谢世之后，竟受到他不甚在意的文法学家的推崇，把他奉为偶像。村俗之士则因他的大量掌握同义词汇与格言谚语而不胜赞赏。大约在一九〇四年，卢贡内斯批评那些"只重声望的人只会啃啮《堂吉诃德》这一部巨构的外壳，而不能领略其内含的力量和韵味"。几年之后，格鲁萨克则谴责那种"认为这种杰作的辉煌就在于它的诙谐文风的浓郁情趣——那自然也就是桑丘的插科打诨之趣"的错误引导。如今，在阿尔韦托·赫尔丘诺夫那些深思熟虑的遗篇中，我们看到他在思考《堂吉诃德》内含的底蕴。他发现并且审视了两则似是而非的说法：一是说伏尔泰尽管"不过于推崇米格尔·德·塞万提斯"，但是他在不顾危险地挺身为司法的牺牲品卡拉斯和西尔旺两人的辩护中，仍表现为堂吉诃德式的人物；二是说胡安·蒙塔尔沃[1]，作为塞万提斯的崇拜者、正直而勇敢的有识之士，竟会出人意料地将阿隆索·吉哈诺的传奇[2]看做是忧郁古词博物馆。赫尔丘诺夫指出，蒙塔尔沃"善于实施奢华的智力行为，却不能走近塞万提斯——因为他很难归入那些拘泥执著于纯正的措辞和传统语法的作家中"。随后，他还在一段堪称名句的文字里，谈到塞万提斯在汲取外来词和民间语言上，别具"民间音乐家的听觉"。

斯蒂文森认为，一个作家的作品如果缺乏神韵，那他就失却一切；而这里收集的散文，几乎可以傲慢地说，是篇篇都赋有此一品位的。

阿尔韦托·赫尔丘诺夫《回归堂吉诃德》，豪·路·博尔赫斯作序，南美洲出版社，一九五一年，布宜诺斯艾利斯

纪棠　译

1　Juan Montalvo（1832—1889），厄瓜多尔作家。
2　即《堂吉诃德》。

爱德华·吉本《历史与自传选编》

爱德华·吉本于一七三七年四月二十七日生在伦敦近郊。他出身世家，但并非显赫的望族，尽管十四世纪时他祖先有人出任过国王的建筑师。他童年时代多舛多病，母亲朱迪斯·波坦对他似乎漫不经心；但他单身的姨妈凯瑟琳·波坦对他却关怀备至，使他得以战胜种种痼疾病魔。日后，吉本把姨妈称作是自己智力和体魄的真正母亲。他很小就从她那儿学会了读书和写字。这一本领，他居然认为不是学来的，而是与生俱来的。七岁那年，他以若干泪水和不少心血的代价，初步掌握了拉丁文句法。《伊索寓言》、亚历山大·蒲柏以绝妙译笔译出的《荷马史诗》以及加朗按照欧洲人的思路刚刚改写的《一千零一夜》都是他爱读的作品。在这些散发着东方神奇魅力的读物里面，还应加上古典世界另一部杰作：奥维德的《变形记》原作。

十四岁那年，他在威尔特郡[1]的一家图书馆里，感到了历史的召唤，即埃查尔德所著罗马史的补充本。该书向他敞开了研究君士坦丁堡陷落及罗马帝国衰亡的大门。"当我全神贯注地阅读哥特人横渡多瑙河这一章时，用膳的钟声迫使我没好声气地中断了我的精神美餐。"继罗马之后，吉本又对东方着了迷。他阅读了原版为阿拉伯文的《穆罕默德传》的法文版或拉丁文版。由于相关学科的自然吸引，他又从历史转攻地理及年代学；而且，在十五岁那年，还试图协调融合斯卡利杰、佩塔比奥、马尔沙姆和牛顿各学派。在此期间，他进入了剑桥大学。他后来这么写道："我用不着承认我欠什么债务，我的价值足以承担一次恰如其分或者说慷慨大方的报酬。"对于剑桥的古老历史，他是这么看的："也许有朝一日我要对我们这两个兄弟大学虚虚实实的年龄进行一次不偏不倚的查证，这件事已经在其盲目迷信的子弟中爆发

1　英国英格兰南部一郡。

了激烈而愚蠢的争论。不过，现在我们只要建议，这两座令人尊敬的学府，历史都相当悠久，便足以指责一切老朽的偏见和弊病。"教授们（他是这么对我们说的）"已经免除了自己阅读、思考或写作的任务"。他们的缄默（上课并非非去不可）促使年轻的吉本独立进行神学研究。读了波舒哀[1]的一本书后，他改信了天主教。他相信，或者说他认为他相信（他是这么对我们说的）圣餐时基督确实在场。一位耶稣会教士为他进行洗礼，皈依罗马天主教。吉本给他父亲寄了一封后来引起争议的、"以华丽的辞藻、怀着殉教者一般崇高、喜悦的心情写就的"长信。当一名牛津的学生同时又当天主教徒是水火不相容的事情。这位年轻而激情的离经叛道者于是被学校当局开除；他父亲把他送到当时加尔文主义的堡垒洛桑[2]。他寄居在一位新教牧师帕维利尔德先生的家里。经过两年的对话，他把他引入了正道。吉本在瑞士度过了整整五年。使用法语的习惯，浸淫在法语文学中是这一时期最重要

1　Jacques-Bénigne Bossuet（1627—1704），法国天主教教士、演说家。
2　加尔文于 1536 年发表《基督教原理》，从此成为新教权威发言人。他曾在日内瓦成立归正会，传播其宗教主张。

的收获。这几年岁月，在吉本的传记里面，只记录有一件情感小插曲：他爱上了居梭德小姐，她后来就是斯塔尔夫人[1]的生母。吉本先生修书一封，反对这门亲事：爱德华"作为情人，他叹了一口气；但作为儿子，他服从了父命"。

一七五八年他回到了英国。他的第一项文学使命便是逐步建立一座图书馆。他既不炫耀，也不吹嘘，购置了不少图书。多年之后，他终于可以接受小普林尼的箴言："他说过，任何一本不好的书，多少总有点好的东西。"[2]一七六一年，他用依然驾驭自如的法文撰写的第一部作品问世，书名《论文学研究》，为古典文学进行了辩护，而这在当时的百科全书派人士看来，是很不入眼的。吉本告诉我们说，他的这部论著在英国受到了冷遇，很少有人读，而且很快就被人遗忘了。

他花了好几年事先阅读有关材料，于一七六五年四月到意大利作了一次旅行。他来到了罗马。他在这座永恒的城市

---

1 Germaine de Staël（1766—1817），法国女作家、文学评论家。

2 小普林尼保留了他伯父的这个豁达的箴言（《信札集》，第三、五封）。通常认为这是塞万提斯所言，《堂吉诃德》第二部多次引用。——原注

的第一个夜晚，是一个不眠之夜，仿佛预感到将来要构建他那部史书的洋洋数十万言在躁动般作响，使他久久不能平静。他在自传里写道，他永远忘不了、也表达不了使他心潮汹涌起伏的这种激情。他正是在古罗马神殿的废墟上，观望着僧侣光着脚在朱庇特神庙里唱着晚祷，隐约看到了撰写罗马衰亡历史的可能性的。起初，这项浩大的工程使他胆怯，便转而撰写瑞士独立史，可惜未完成。

那几年，发生了一件不同寻常的事情。十八世纪中叶，自然神论者振振有词地声称，《旧约》并非源自神，因为它的篇章并没有指出灵魂是永生不死的，也没有阐明奖惩报应的主张。尽管他们有些话讲得模棱两可，这种看法却是正确的。保罗·多伊森在他的《〈圣经〉的哲学》里宣称："起初，闪米特人对灵魂的不朽性毫无认识，这种无知的状态一直延续到希伯来人和古伊朗人相互往来的时期。"一七三七年，英国神学家威廉·沃伯顿[1]发表了一部题为《摩西的神圣使命》的长篇论著；该书前后矛盾地解释道，关于灵魂的不朽，一概

---

1 William Warburton（1698—1779），英国教士、文学评论家。其专著《摩西的神圣使命》维护当时的制度，但主张宽容不同的信仰和崇拜习俗。

略去不提，这是有利摩西行使神圣职权的一种依据；他受主的差遣，不必运用超自然的奖惩手段。这种解释是很聪明的，但是沃伯顿预料，自然神论者会以希腊异教的例子来反驳他，而这一异教同样也没有阐明奖惩报应的主张，因而同样并非源自神。为了维护自己的论著，沃伯顿把彼世的奖赏和惩罚归于希腊宗教，他强调说，这在埃莱夫西斯[1]秘密宗教里是得到印证了的。得墨忒耳[2]的女儿珀耳塞福涅被哈得斯[3]掠走而失踪了；经过长年累月在全世界闯荡，才在埃莱夫西斯找到了她。这就是宗教仪式的神话起源。起初是些农业仪式（得墨忒耳是麦神），后来，就以一种此后圣保罗也同样使用的譬喻，来象征永生不死了。（死人复活也是如此；所种的是必朽坏的，复活的是不朽坏的。）珀耳塞福涅在哈得斯的地下王国里复活重生。灵魂将在死亡中重生。得墨忒耳的传说记于荷马的一首赞诗，其中也可看到，洞悉奥秘者死后将非常幸福。所以，沃伯顿论著中涉及神秘意义的那部分似乎有点道

1　古希腊城市，埃莱夫西斯秘密宗教的发祥地。
2　希腊神话中的谷物女神。
3　希腊神话中的冥王，监管罪人死后的审判和惩罚。

理，而他添枝加叶、被年轻的吉本指责的另一部分就不尽然了。《埃涅阿斯纪》第六卷记叙了这位英雄以及西比尔[1]到达地狱的旅行。沃伯顿推测说，这就代表着埃涅阿斯成为埃莱夫西斯教的主祭。埃涅阿斯下到阿维耳努斯湖和极乐净土之后，是从与做胡梦相对应的象牙之门出来的，而不是从角之门，即预见未来之梦的那扇门出来的。这就意味着，地狱从根本上来说是不现实的，或者说，埃涅阿斯回到的那个世界不是真实存在的，或者说，埃涅阿斯作为个人，是一场梦，正如我们自己也许也是一场梦。依沃伯顿看来，这整篇故事不是虚幻的，而是模拟仿造的。维吉尔可能在这个故事里描绘了神秘的作用，而为了消除或者缓和已经犯下的这一背叛，他让英雄从象牙之门出来，据说，此乃通向虚妄之门。如果没有这个释疑的密码，那么，就无法解释为什么维吉尔说罗马必将强大的预言是可疑的了。吉本于一七七○年在他一篇没有署名的论文里论证说，如果维吉尔不洞悉奥秘，就揭示不了他没有见到的事情；而如果他已知晓了秘密，他会被禁

1　希腊传说中的女预言家，她能在狂乱恍惚的状态下占卜未来。

止透露它；因为出于某种宗教感情，这种揭示可能会构成一种亵渎，一种丑行。过去，泄露秘密的人都被判处死刑，被钉上十字架示众。神的法庭可以提前执行决定，而要与犯有此类罪行的小人生活在同一屋檐下倒是要有点天不怕地不怕的劲头的。科特·莫里森[1]指出，吉本这部《评论集》是他第一部用英文写作的论著，而且是写得最明白、最晓畅的。沃伯顿却缄口不语。

从一七六八年起，吉本全身心地投入这一工程的前期工作。古典作品，他几乎全都记在脑子里；他现在一手拿着笔，要读或者要重读的是，从图拉真[2]到最后一位西方的恺撒，罗马历史的全部原始资料。关于这些资料，用他自己的话来复述，就是：他摒弃了"勋章和题词、地理学和年代学的一切补助光照"。

第一卷的写作花了他七年的光阴，于一七七六年面世，数日内便告售罄。作品获得了罗伯逊和休谟的祝贺。也遭到了吉本称之为"几乎整整一个图书馆的争议"。"教会炮兵团

1　Cotter Morison（1832—1888），英国作家、历史学家。
2　Trajan（约53—117），古罗马最得人心的皇帝之一。98年至117年在位。

发动的第一轮轰击"（这里抄录他的原话）使他手足无措，但是他很快就意识到，这种吓唬只是虚张声势，于是他非常轻蔑地反击了对手。他指着戴维斯和切尔萨姆的名字说，战胜这几个对头，真是够委屈的。

《罗马帝国衰亡史》的下面两卷于一七八一年付梓出版。其实质是历史的，而非宗教的。这两卷书没有招致非难，正如罗杰斯肯定的那样，反倒引起人们如饥似渴地静心阅读。全部作品于一七八三年在洛桑杀青。最后三卷于一七八八年问世。

吉本当过下议院议员，他的政治活动不值得更多的评论。他本人承认，他为人腼腆，不善辩论；但文采飞扬，他就懒得下力气去练嘴皮子了。

这位历史学家在晚年忙于撰写自传。一七九三年四月，设菲尔德夫人去世，他决定返回英国。一七九四年一月十五日，吉本在患了一场小病之后，毫无痛苦地与世长辞。他临终的情况，利顿·斯特雷奇[1]在他的一篇散文里有所描述。

---

1 Lytton Strachey（1880—1932），英国传记作家、文学评论家。

把一部文学作品确认为不朽是件冒风险的事。如果是一部历史类的作品，而且又是在所涉及的历史事件发生几个世纪之后撰写的，这种风险就更大。当然，如果我们决意不计较柯尔律治的坏脾气和圣伯夫的不解，那么，两百余年以来，英国及欧洲大陆对《罗马帝国衰亡史》的一致评价，还是以为此书堪称历史经典的。众所周知，这种评价即内含不朽之意。吉本本人的不足或者说宽容反倒对作品有利。如果这部作品是依据这种或那种理论撰写的话，那么，读者认同与否就将取决于对该论点的意见。事实上，吉本的情况并非如此。总体来说，吉本此书是反对宗教感情的，而且，正如他在一些著名的篇章里所宣称的那样，尤其反对基督信仰。此外，他似乎沉溺于他所讲述的历史事件，而且不由自主地将其完美地反映出来；这使他仿佛进入了混混沌沌的命运，或者历史的进程。正如有些在做梦并且知道在做梦的人一样，也正如有些迁就梦境的偶然和浅薄的人一样，十八世纪的吉本也梦到了拜占庭城墙或者阿拉伯沙漠中早先的人物经历过和梦到过的东西。为了构筑这部巨著，他肯定核对和归纳了成百上千件斑驳杂陈的卷宗。毋庸置疑，读他带有讽刺口吻的摘要远比迷失在阴沉的或者说不近人情的编年史家的原始材料里更令人愉快。敏锐的理解力和讽刺是吉本的看家本领。塔西佗夸奖日耳曼人彬彬有礼，他们不会把他们的神灵封闭在墙壁之间，不敢用木料或者大理石制作神灵的形象。吉本只限于指出，连茅屋都没有的人是很难会有庙宇或雕像的。吉本没有写《圣经》所宣扬的奇迹没有得到过任何证实，而是谴责了一些异教徒不可饶恕的漫不经心：他们在宣扬奇迹的冗长文本里，只字未提曾经整整一天停止转动的月亮和太阳，也没有提及为耶稣之死送行的地震以及日食和月食。

德·昆西写道，历史是一门无穷尽的，或者至少是不确定的学科，因为同样的历史事件可以用许多方式组合或阐释。这种看法可追溯至十九世纪。从那时起，在心理学发展的影响下，各派不同的阐释迅速增长，许多意想不到的文化和文明被发掘了出来。不过，吉本的著作依然完好无损；而且，可以确定无疑地推测，其前途不会有什么波折。有两个原因使之经久不衰。其一，也许也是最重要的一个原因，作品具有艺术性，支撑在动人的魅力之上。据斯蒂文森看来，这是文学不可或缺、最基本的特性。其二，它可能基于这样一件事实，也许是一件让人感怀的事实，即斗转星移，历史学家本人已经成了历史；而对我们来说要紧的不仅是要知道阿提拉军营是怎么回事，而且也要知道，十八世纪的一位英国绅士是怎么想象它的。在过去许多年代里，人们读普林尼的篇章，为的是探索精确；而今天我们读它却是为了追寻奇迹。不过，这一变化倒还没有损害普林尼的命运。对于吉本来说，这个日子还没有来到，而是否会来到，我们就不得而知了。人们不禁会怀疑，无论卡莱尔还是任何一位浪漫主义历史学家，较之吉本，离我们更为遥远。

想到吉本自然也会想到伏尔泰。前者读了后者大量的作品，不过对其戏剧才能，没有给我们留下一条令人激奋的意见。他们两位都藐视宗教以及人类的迷信，其文学表现却是截然不同的。伏尔泰施展其不同凡响的文风来说明或暗示，历史事件是靠不住的；吉本对人没有太好的印象，但是人的作为却犹如节目表演一般吸引他，他也以此来愉悦并倾倒读者。他从不赞赏过去年代煽动的激情，用一种含有宽容或者说是同情的怀疑态度来审视那些所谓的激情。

浏览《罗马帝国衰亡史》等于投身于并且幸运地迷失在

一部人物众多的长篇小说里。其中的人物是人类的一代又一代，剧场就是世界，而其漫长久远的时间则是以朝代、征服、发现以及语言和偶像的嬗变来计量的。

　　爱德华·吉本《历史与自传选编》，豪·路·博尔赫斯编选并作序，哲学文学系，现代语言文学院，一九六一年，布宜诺斯艾利斯

　　　　　　　　　　　　　　　　　林一安　译

罗伯特·戈德尔《火的诞生》

　　一本书本身（我认为）就足够了。不过，出版社的常规是，书前要有一点斜体字排印的鼓励的话。这就冒险了：雷同于装在扉页前面的那张不可或缺的空白页了。撰写序言而又自觉资格不够，我得硬着头皮去接受接踵而至的要求。

　　第一个要求便是，忘掉关于古代作家和现代作家那场无谓的论争。卢贡内斯，一位不由得令人想起雨果的诗人，一位崇尚严厉而不主张规劝的批评家，他把我们的文学争论过于简单化了。他在用押韵表示停顿的手法以及省略手法之间，归纳出一种道德的差异。适用韵律者，他赞赏有加，前途一片光明；反之，则一盆凉水，前景笼罩阴影。更为不妙的是：他把这种不切实际的简单化强加于他的论敌，我曾经历过小部分过程¹，他们远没有去唾弃这一听觉的摩尼教²，反倒热情采纳，并改头换面。他们否定确立押韵甚至押近似韵的原则，以便制造一种混乱的原则。因此，在我们的布宜诺斯艾利斯，有必要再重复一下：押不押韵，或许不是确定诗人身份的条件。罗伯特·戈德尔押韵严格准确，但这并不足以界定他是当代的诗人还是守旧的诗人。

另一条几乎不可回避的要求就暗伏在其显而易见的复杂性里。西班牙诗歌枯燥乏味众所周知，它的历史只认可三百年前由路易斯·德·贡戈拉推行的胡闹，由此使得所有复杂的问题都与这个名字有关。戈德尔怕也难逃此等命运。他那种浪漫主义激情终究会被机械地夸张为"先驱"（且不知他是一个头脑十分简单的人，有一次他甚至嘲弄省里的一次信仰审判，只想当一个活活被焚死的人）。贡戈拉就像奥列弗·退斯特³一样，还想要。这样的指责可见诸他的一首十四

---

1 原文为拉丁文。
2 由伊朗人摩尼于 3 世纪创立。鼓吹二元论教义，谓精神为善，物质为恶，两者混合而成世界。博尔赫斯认为卢贡内斯关于韵律的主张与此相像，便称之为"听觉的摩尼教"。
3 英国作家狄更斯同名小说中的人物。

行诗……

这本《火的诞生》把柔情诗归入令人难以忘怀的诗篇：这是一个可怕的希望的时代，光荣的犹豫的时代。狮子、星星、流淌的鲜血、金属（一切古老、具体、闪光的东西）组成了这本诗集的自然词汇。大家知道，这本诗集既奇特又真实，一如它所引申的强大的象征意义。外面的世界大举渗透它的诗行，不过总只是成为它激情的形容词。相爱就是产生一种私人的神话——a private mythology，用宇宙影射一个不可怀疑的人。对于一个写作神秘作品的作家来说，光明只是上帝的阴影。莎士比亚以玫瑰自娱，把它们想象成他远方朋友的影子。

我和罗伯特·戈德尔的友谊已经维持很长时间了。在我们共同的布宜诺斯艾利斯，在中部潘帕斯肥美广袤的草原，在潘帕斯草原中的地中海式花园里，在南方城镇那略输风采的许许多多别的花园里，我知道他不少在这里发表的诗篇。我曾经口头传播过这些诗篇，我也曾经在本半球独特的星空下面，缓慢地回味过这些诗篇。我知道，这些诗篇也会让你感到亲切，必不可少然而却看不见的读者。

罗伯特·戈德尔《火的诞生》，豪·路·博尔赫斯作序，弗朗西斯科·A·科隆博出版社，一九三二年，布宜诺斯艾利斯

一九七四年附记

过了五十年，我几乎没有一天不回忆这一句诗：

优美的骏马，沉静的车轮

紧接着，无往而不胜地进入我脑际的，是海梅斯·弗莱雷那永不枯竭、轻柔的诗句：

想象中的异乡飞鸽，
你燃起了爱情的最后火焰；
你是光的灵魂，音乐的灵魂，鲜花的灵魂，
想象中的异乡飞鸽。

林一安　译

卡洛斯·M·格伦贝格《犹太诗草》

一八三一年前后，麦考莱，那位不偏不倚的麦考莱，即兴讲了一个幻想故事。这则故事（详细梗概可见其《散文集》第二卷）讲的是在欧洲各国对红发人施行的驱赶、行刑、监禁、流放以及凌辱等种种暴行。经过好几个血腥的世纪，没有一个人不承认，受到这种刻骨铭心虐待的受害者不是真正的爱国者，没有人不指责他们认为自己更亲近不管哪个外来的红发人，而不接近本区的黑人和白人。据狂热分子推论，红发人不是英国人，红发人也不会是英国人。本性禁止这么做，而经验又证实了这一点。早就预料到，迫害会改变受迫害者，制造相互之间的分裂……以后呢？麦考莱明澈如镜的寓言已经勾勒了这样一个现实：反犹分子阿道夫·希特勒统治欧洲，而这里有他的仿效者。

格伦贝格在本书光彩照人的篇章里，慷慨激昂地驳斥了这个骗子和他的信徒向全世界宣扬的神话和鬼话。尽管有断头台和绞刑架，尽管有宗教裁判所式的篝火和纳粹的左轮手枪，尽管几个世纪以来的勤奋滋生了这种种罪行，反犹活动总免不了成为笑柄。他们在布宜诺斯艾利斯比在柏林更为丢人。在德国（其文学语言是以路德遗传下来的希伯来文《圣经》的德译本为基础的），希特勒只是加剧了已有的憎恨，阿根廷的反犹活动不啻一个拙劣的翻版，而全然不知何为种族，何为历史。在拉莫斯·梅希亚令人赞赏的论著《罗萨斯和他的时代》中的一条注释里，他列举了他那个时代主要的姓氏。除了原籍巴斯克的姓氏之外，其余皆源自葡萄牙犹太人家族：佩雷拉、拉莫斯、奎多、萨恩斯·巴连特、阿塞韦多、比涅罗、弗拉格罗、比达尔、戈梅斯、平托斯、帕切科、佩雷达、罗查。

我有幸为之作序的这些诗篇向世人宣告：在一九四〇年的令人难以置信的险恶世界上，当一个犹太人既光荣又痛苦。有的作家很讲究形式，但有的作家追求的是一个叫做底蕴的蹩脚然而必要的譬喻。形式主义者的典型便是贡戈拉，还有那位杂货店里的即兴诗人[1]，他接纳一切（或多或少）包含八个音节的诗句……本书无懈可击的诗篇绕开了这种惯常的做法。在这些诗里，形式就是底蕴，反之亦然。本书很多诗篇情况都是如此，如《犹太人》，如《安息日》，如《割礼》……

格伦贝格，是诗人，无可混淆的是阿根廷诗人。上面这番话并不等于说他得走遍秃鹫的窝巢，或者在树商陆[2]间穿行，也不是说我们祖国愁眉不展的形象罗萨斯将军常常要读他的诗句。这番话的意思是：他用词准确，遵循句法和正音法的习惯，语气通晓明了，不像往昔和今日的西班牙诗人感叹的、大惊小怪的调调儿。

格伦贝格诗歌的韵律主张有着奇特的源头。西格马·梅林在他论诗韵的专著（《诗韵》，一八九一年）里指出，西班牙人写诗，常常滥用诸如 ido，ado，oso，ente，ando 等不

---

1 恐指阿根廷诗人何塞·埃尔南德斯，其代表作《马丁·菲耶罗》的所有诗句均为八个音节。
2 南美一种树木。

表示什么意思的词尾。洛贝·德·维加就这样：

Sentado Endimión al pie de Atlante,

enamorado de la luna hermosa,

dijo con triste voz y alma celosa:

en tus mudanzas, ¿quién será constante?

Ya creces en mi fe, ya estás menguante,

ya sales, ya te escondes desdeñosa,

ya te muestras serena, ya llorosa,

ya tu epiciclo ocupas arrogante ...

（恩底弥翁爱上了美丽的月神，

坐在阿特拉斯的脚下，

他问道，声调可怜，心里醋意酸酸：

"你感情多变，是谁常在你的心头？"

你忽而信心百倍，忽而情绪低落，

忽而显现，忽而高傲地隐藏不见，

忽而宁静，忽而泪水涔涔，

忽而你又傲慢地守住自己的光轮⋯⋯)

三个世纪之后，胡安·拉蒙·希梅内斯仍复如此：

Se entró mi corazón en esta nada,

como aquel pajarillo que, volando

de los niños, se entró, ciego y temblando,

en la sombría sala abandonada.

De cuando en cuando, intenta una escapada

a lo infinito, que lo está engañando

por su ilusión; duda, y se va, piando,

del vidrio a la mentira iluminada ...

(我的心闯进了虚无，

就仿佛小鸟儿飞离了顽童。

晕头转向，哆哆嗦嗦地撞进了

那孤寂、被遗弃的阴暗地方。

这小鸟儿时不时地都想逃跑，

逃到无边无际，不想却上当受骗，幻想破灭，

它犹豫，它唧喳着离去，

从玻璃到天花乱坠的诺言……）

人所共知，贡戈拉、克维多、托雷斯·比利亚罗埃尔[1]和卢贡内斯使用了他们之中最后一位称之为"多种多样的诗韵"的东西，但仅限于滑稽讽刺的诗作。但格伦贝格却与之相反，他勇敢而幸福地大量用于感人的诗作。例如：

他砍了那非利士废料，

为的是把他给你变成希伯来人。

他砍了那块废料，因为你是

犹大·本·锡永，而不是胡安·佩雷斯[2]。

---

1 Diego de Torres Villarroel（1694—1770），西班牙作家。其代表作《生平》（1743）用 17 世纪流浪汉小说的风格写成，引人入胜地描写了西班牙习俗的有趣细节。

2 恐指 Juan Pérez de Zurita（1516—1584），西班牙征服者、行政官，曾任阿根廷图库曼总督。

再请看：

　　　　在一次遥远的排犹灾难，

　　　　他儿子给砍了脑袋。

　　　　一个夜晚他谈起此事，

　　　　"他可是一个漂亮的押沙龙！"

　　像一切重要的书籍一样，卡洛斯·M·格伦贝格的这本书也基于多种理由是一本重要的书。之所以重要，是因为这是在这个不幸的"野狼的时代、刀剑的时代"里一份值得一读、熠熠生辉的文件，而这个时代遍及本大陆（可能遍及全球）的野蛮阴影还广泛地威胁着我们。之所以重要，是因为它的准确和它的激情，它的数学性和它的火焰，是因为韵律运用熟练并能使之和谐并存以及满怀优美高雅的激情。之所以重要，还因为诗篇显示的嘲讽和洒脱的气魄。

　　也许，本书最为明显的错误在于，它炫耀了一些仅仅活跃在学院大词典条目里的词汇。

　　在本世纪，除了奉承语无伦次之外，还不常恭维别的什么；在本世纪，诗歌愿意与咒语相似，诗人愿意与发烧病人或者巫师类同；然而格伦贝格却有勇气提倡一种没有神秘色彩的抒情诗。澄净清澈是以色列的习俗。让我们回忆一下海涅，让我们回忆一下在空话满天飞的十四世纪，"卡里翁的犹太人"堂塞姆·托布[1]拉比的歌谣吧……

我祝贺格伦贝格和他的读者。

卡洛斯·M·格伦贝格《犹太诗草》，豪·路·博尔赫斯作序，阿尔希罗波利斯出版社，一九四〇年，布宜诺斯艾利斯

林一安 译

---

1 Don Sem Tob，西班牙希伯来人，生卒年不详。为 14 世纪有名的拉比，著有用西班牙文撰写的《道德谚语》一书。

弗朗西斯·布雷特·哈特 *
《加利福尼亚画卷》

日期用以备忘，但也可将人锁定在时间里，而且，还会带来层出不穷的内涵。

弗朗西斯·布雷特·哈特像他国家几乎所有的作家一样，也出生在东部。那是在一八三六年八月二十五日那天，在纽约州首府奥尔巴尼。十八岁那年，他去加利福尼亚旅行；他在那里出了名。今天，这地方和他的名字紧密相连。他体验了矿工和记者的生涯。他戏仿今天已被人遗忘了的诗人，创作了收在这本集子里的短篇小说。后来，他再也没有写出超过这些短篇的作品来。他给马克·吐温当了教父，可此人很快就将他的恩情忘得一干二净。他曾任美国驻普鲁士克雷费尔德、格拉斯哥和苏格兰的领事。一九〇二年他在伦敦逝世。

从一八七〇年起，面对读者的冷漠或者说宽容，他几乎只是做做文抄公。

观察确认了这么一条悲哀的法则：要公正对待一位作家，就要不公正地对待其他作家。波德莱尔为了赞扬爱伦·坡，就断然否定了爱默生（作为艺术家，他大大超过了前者）；卢贡内斯为了赞扬埃尔南德斯，就否定了有关高乔人的所有知识，不承认所有的高乔文学作家；伯纳德·德沃托[1]为了赞扬马克·吐温，就著文道，布雷特·哈特是"一个文学骗子"（《马克·吐温的美国》，一九三二年）。莱维松在他的《美国文学史》里，对布雷特·哈特也带有一种不屑的口吻。理由要以历史的角度来加以衡量（笔者对此表示怀疑）：当代美国文学不愿变得多愁善感，唾弃一切有这类恶名的作家。据发现，野蛮可以成为一种文学才干；据证实，十九世纪的北美

---

* Francis Bret Harte（1836—1902），美国作家。著有短篇小说集《咆哮营的幸运儿及其他短篇》（1870）等。

1 Bernard Devoto（1897—1955），美国小说家、新闻工作者。著有杂文《跨过宽阔的密苏里》（1948），小说《山中时日》（1947）等。

人尚不具备这种才干。幸运地或不幸地尚不具备（我们可不这样。我们那时候已经能够展示阿斯卡苏比的《雷法洛萨》、埃斯特万·埃切维里亚的《屠场》、《马丁·菲耶罗》中黑人的被害，以及爱德华多·古铁雷斯一股脑儿地捅出来的那一幕幕单调的、残忍的场景……）一九一二年，约翰·梅西指出："我们的文学是理想主义的、矫揉造作的、羸弱的、甜腻的……走遍巨川大海、历经惊涛骇浪的尤利西斯只是日本版画的一位专家。南北战争的老兵已胜利地与玛丽·科里利[1]小姐分庭抗礼。久经磨炼的荒漠征服者放声歌唱，那歌声里有一朵玫瑰，有一座花园。"不多愁善感而崇尚野蛮的目的终于有了两个结果：硬汉派作家[2]的崛起（海明威、考德威尔、法雷尔、斯坦贝克、詹姆斯·凯恩[3]）以及大批平庸作家和一些优秀作家如朗费罗、迪安·豪厄尔、布雷特·哈特等的潮落。

我们南美人自然与这场争论无关。我们有严重的、也许

1　Marie Corelli（1855—1924），英国女作家。写过二十八部浪漫主义长篇小说。主要有《两个世界的故事》（1886）、《魔鬼的忧愁》（1895）等。

2　原文为英文。

3　James Cain（1892—1977），美国小说家，早年立志成为一名歌唱家，因而音乐成为其一些小说的背景。

是不可弥补的缺点；然而，没有成为浪漫主义派这个缺点。我坦率地认为，我们不妨常常读读布雷特·哈特，也可以读读德国人里面最固执、最阴沉的那一位，而不必太担心有什么祛除不了的污染。我还认为，哈特的浪漫主义没有出什么纰漏。与其他各种流派不同，浪漫主义远不只是一种绘画或文学的风格，而是一种有生命力的风格。其历史可以略去拜伦的作品不提；当然，他纷乱的生平以及光辉的死亡又当别论。维克多·雨果笔下英雄的命运过于令人难以置信，而波拿巴炮兵中尉的命运也同样令人难以置信。如果布雷特·哈特是浪漫主义者，那么他小说里叙说的现实也是浪漫主义的：拥有这么多神话的深沉的大陆，谢尔曼[1]曾经东讨西伐的大陆，杨百翰[2]主张一夫多妻制神权政治的大陆，西部的金矿和夕阳西下时野牛出没的大陆，爱伦·坡的令人焦虑的迷宫的大陆以及沃尔特·惠特曼那洪亮嗓音的大陆。

弗朗西斯·布雷特·哈特约在一八五八年走遍了加利福

1 William Tecumseh Sherman（1820—1891），美国南北战争时期的将领。曾任陆军总司令。
2 Brigham Young（1801—1877），美国摩门教会第二任会长、殖民地开拓者。

尼亚的矿区。有人指责他从来没有当过一名勤奋的矿工，但他们却忘记了，如果他当了一个好矿工，他就当不了作家；要么就干别的行当了。因为一个极其熟悉的素材往往不会令人产生冲动。

本集所收短篇小说原载《大陆月刊》。一八六九年初，狄更斯读了其中一篇，也就是那篇不可抗拒的不朽之作：《扑克滩的流浪者》。他发现他的写作风格和自己有点相似，不过他大为赞赏的是"刻画性格的细腻笔触，鲜活的题意，精湛的表现手法以及整部作品奇迹般的真实"（约翰·福斯特《查尔斯·狄更斯的生平》，第二卷第七页）。当时以及后来，并不乏对作家表示钦佩的材料。人文学者安德鲁·兰在考察吉卜林早期作品来源的报告（《小品文》，一八九一年）里，将之归结于笔名为 Gyp 的法国女作家或者布雷特·哈特；切斯特顿的材料更有意思，不过否认在他的创作里有什么特别美国的东西。

有关这一意见的争论不是没有用的，我觉得更加证实布雷特·哈特和切斯特顿以及斯蒂文森一样，都有一种才能：塑造（并且有力地定位）印象深刻、历历在目的人物。也许，最令人好奇、也最令人幸福的，是我十二岁的时候读到的东西。我知道得很清楚，它将陪伴我走到人生的尽头：一张黑白纸牌被一把刀子牢牢地钉在被绑在一棵粗壮树干上的赌徒约翰·奥克赫斯特的尸体上。

弗朗西斯·布雷特·哈特《加利福尼亚画卷》，豪·路·博尔赫斯作序，埃梅塞出版社，《埃梅塞世界文学作品大全》，一九四六年，布宜诺斯艾利斯

林一安　译

佩德罗·恩里克斯·乌雷尼亚
《评论集》

我是在一九四六年秋季的那一天突然得知佩德罗·恩里克斯·乌雷尼亚去世的噩耗的，我于是又想起了他的命运，想起了他独特的个性。时间确定和简化世间万物并使之贫乏。我们这位朋友的名字现在使人联想到"美洲的师长"以及诸如此类的词汇了。我们且来看一看这类词汇的含义吧。

显而易见，师长不是传授孤零零的知识的人，也不是从事训练人们学习知识并加以背诵、记忆的工作的人，倘若如此，一套百科全书就是比人更好的师长了。师长是以自身为榜样教导人们待人接物方式的人，是教导人们挺身面对瞬息万变的宇宙而必需的风范的人。授业传道有多种办法。直接借以文字仅为其中之一。谁要是满怀激情遍览了苏格拉底的对话录、孔子的《论语》，或者载有佛家寓言和格言的经书，谁就会再次大为失望，因为由弟子虔诚地收集的这种或那种讲话晦涩难解，虚无缥缈，似乎与这些讲话的声望不大相称，但它们曾经、并且还在声震空间和时间的谷底（就本人记忆所及，《福音书》为我们提供了这条规律的唯一例外，但无论歌德还是柯尔律治的谈话录都逃脱不掉这条规律）。我们来查考一下解决这种差异的办法。如今已经僵死在书本里的思想，对于聆听并铭记在心的人来说，曾经是激动人心、生动逼真的。因为在这些思想的背后以及围绕着这些思想周围有着一个人。这个人和他的存在在照拂着他们。他的一个声调、一个表情、一张脸庞，就会给他们一种我们今天已然失去的力量。这里，要记住一个犹太人的一件具有历史意义和象征意义的事例。那个犹太人不是到梅泽里兹去听经师讲道的，而是去看他怎么系鞋带的。显然，那位大师的一举一动，哪怕是日常琐事都是典范。马丁·布贝尔（多亏他，我们才听到了这个奇特的小故事）在谈到师长时说，师长不是阐释律法的人，而是律法本身。关于佩德罗·恩里克斯·乌雷尼亚，我知道他并不是一个说话滔滔不绝的人。像所有名副其实的大师一样，他是曲折行事的。只要他一到场，就立刻显示出与众不同，严于律己。有几个或许可以称为他的"简略的方式"的事例常常浮现在我脑际。有人（也许就是我）冒失地问他是否并不讨厌寓言，他简短地回答说："我不是体裁的敌人。"有一位诗人，就是莱昂波尔多·马雷查尔，有争议地声称，某一部魏尔兰诗歌的译本比法文原文还要好，因为没有格律，也不押韵。佩德罗只是重复了这条放肆的意见，加了一句他认为已经足够的话："的确……"不可能用更为礼貌的方式进行修正了。在异国的土地长途跋涉以及流放生活的习惯磨砺了他这种品德。阿方索·雷耶斯曾经提到过他青年时代那种天真无邪、漫不经心、无拘无束的做派。我大约是在一九二五年结识他的；那时候，他的举止就颇为谨慎了。他很少指摘别人，指摘错误的看法。我听到他曾经强调，不必抨击别人的过错，因为他本人就乱了方寸了。他喜欢赞扬。他记忆力极好，简直就是一座精确的文学图书馆。过了几天，我在一本书上发现一张名片，上面凭记忆抄录着很奇怪的由吉尔伯特·默里翻译的欧里庇得斯的一些诗句。可能就是在那时候他说了一些关于翻译的艺术的话。过了几年，我又想起了这件事，还以为那番话是我说的。直到读了默里译的那句诗（和星星一起，来自风编织的玫瑰[1]），我才记起了源出何处以及讲这番话的场合。

佩德罗（他愿意我们这些朋友这么称呼他）的名字也跟美洲的名字联系在一起。他的命运就以某种方式为这种联系做了准备。确实如此，如果我们考虑到，佩德罗最初为了消解对自己多米尼加故土的思念，把它假设为一个更大的祖国的一个省份。随着时间的推移，本大陆各共和国向他表露的真诚和秘密的亲善态度更增强了他的这种假设。有时候，他曾经想让两个美洲（撒克逊美洲和西班牙语美洲[2]）反对旧大陆；有时候，又想让美洲各共和国和西班牙来反对那个北方共和国[3]。我不知道今天还有没有可能存在这种联合，我也不知道是否有许多阿根廷人或墨西哥人，在某一份声明签署之前，在某一篇热情洋溢的祝酒词发表之前，也愿意成为美洲人。当然，有两个历史事件大大加强了我们这一种族的和大陆的联合统一的感情。其一，因西班牙战争而激发的情感使所有美洲人参加了这种或那种派别；其次，与地方上的夸夸其谈相反，长期的独裁统治证明，我们的确还远未摆脱美洲共同的痛苦命运。尽管如此，美洲集体或者西班牙语美洲集体的感情仍然是零星分散的。只要有一场列入卢贡内斯和埃雷拉名字，或者卢贡内斯和达里奥名字的谈话，便足以立即分清每位交谈者所强调的国籍。

在佩德罗·恩里克斯·乌雷尼亚看来，美洲已经成为一个现实。国家不是别的，就是信仰。无论今朝还是昔日，我们都使用布宜诺斯艾利斯的名义，或者用这个或那个省份的名义思考；明天我们或许会以美洲，以"人类"的名义思考。佩德罗觉得自己是一个美洲人，甚至是一个世界主义者。此词的原始和直接含义是斯多葛派界定的，目的是要显示他们是世界的公民，而几个世纪以来，被贬低为旅游者或者国际冒险家的同义词了。在罗马和莫斯科之间作出抉择，在他看来毫无意义。我可以毫不含糊地确认这点。他超越了基督教信仰，同样也超越了教条唯物主义；后者可以定性为一种没有上帝的加尔文主义，这种理论以因果关系代替了宿命。佩德罗经常浏览柏格森和萧伯纳的作品，他们极力宣称，灵魂并非像经院传统中的上帝那样，是一个人，而是所有人，是各种等级上的所有生灵。

他对别人的敬重不会因偶像崇拜而有所玷污。根据本·琼森的准则，他在崇拜的同时也保持清醒[1]，他很喜爱贡戈拉，他的语句他常常记在脑子里。不过，要是有人将其与莎士比亚的水准相比拟，佩德罗就会引用雨果的一条意见，雨果强调说，莎士比亚包含了贡戈拉。我记得我曾经听他说过，在雨果作品里许多可笑的东西，在惠特曼的作品里就会令人尊重。他喜爱的英国作家，首先是斯蒂文森和兰姆。十八[2]世纪由艾略特引发的激情以及他对浪漫主义的责难，在他看来，只不过是一场商业广告，或者说一种随心所欲的举动。他指出，每一代人，可能有点偶然地，都会建立自己的价值观，会增添一些名字也会消除一些名字，不会没有什么丑闻或耻辱，但过了一段时间，会悄悄地重新恢复过去的秩序。

1　原文为英文。
2　此处恐为"二十"之误。

我还想回忆一下我跟他的另外一次对话。那是在某一天晚上，在圣菲大街或者科尔多瓦大街[1]的一个街角。我引用了德·昆西的一页书，上面写道：对突然死亡的恐惧，是基督教信念的一种编造或者一种新招，人们害怕人的灵魂不得不负疚重重地突然出现在天庭。佩德罗不慌不忙地朗诵了《道德信札》的三行诗：

> 没有温馨和谐，你可曾见过哪样东西
> 十全十美？啊，死神，别作声，快悄悄儿过来！
> 就依着你，按天箭座常规！

　　我怀疑，他援引的这一首彻头彻尾异教徒色彩的三行诗，是根据一首拉丁诗翻译或者改编的。后来，我回到家里，才想起来：毫无痛苦地死去是提伊西阿斯[2]的鬼魂答应给予尤利西斯的幸福之一，见《奥德赛》第十一卷。然而，我还没有来得及讲给佩德罗听，他就在没隔几天之后，在一列火车里猝然去

1　布宜诺斯艾利斯两条著名大街，彼此平行，均为东西走向。
2　底比斯的盲人占卜者。

世了，仿佛那天晚上有人（另一个人[1]）在听我们聊天似的。

古斯塔夫·斯皮勒曾经写道，七十年生涯留在正常头脑里的回忆，如果有次序地一一进行，大约需要两天或者三天的时间。面对一个朋友的死亡，我保证我是尽心尽力地去回忆他的，但是别人告诉我的事情和故事实在是太少了。我在这篇文章里讲的关于佩德罗·恩里克斯·乌雷尼亚的信息也都已经讲了，因为我所知道的再没有别的了；不过他的形象，虽然不可言传，却将牢牢记在我的心间，将帮助我，敦促我一天好似一天。他的事迹虽然贫乏，但为人却十分引人注目。这也许会确证前面已经说过的关于词汇的第二层含义，关于人一到场立即显示表率作用的话。

佩德罗·恩里克斯·乌雷尼亚《评论集》，豪·路·博尔赫斯作序，经济文化基金出版社，《拉美丛书》，一九六○年，墨西哥城-布宜诺斯艾利斯

林一安　译

1　博尔赫斯著有一短篇小说就叫做《另一个人》，里面讲述两个博尔赫斯的对话。

何塞·埃尔南德斯《马丁·菲耶罗》*

一

到目前为止，何塞·埃尔南德斯的所有传记，都源自收在《佩华霍¹》这本书里的那篇传记。该书由作家的弟弟拉斐尔于一八九六年出版，副标题是：《街名录，以街名纪念阿根廷诗人情况简介》。在出书之前，他就提出以诗人的名字为街道命名的建议了，而出这本小册子的明确目的就是向佩华霍县的居民解释，这本街名录是有点异乎寻常的。该书所收的条目中，最令人激奋、被人引用最多的条目，就是提到我们这位诗人的条目。

一八三四年十一月十日，埃尔南德斯出生在圣伊西德罗

县 [2]（布宜诺斯艾利斯省）。他是堂拉斐尔·埃尔南德斯和伊莎贝尔·普埃伦东的长子。埃塞基耶尔·马丁内斯·埃斯特拉达很奇怪他不署名为埃尔南德斯·普埃伦东，而取了何塞·埃尔南德斯这么一个有点像笔名的名字。这是因为，那时候双姓还不常用。日益发展但人口稀少的国家（整个美洲情况都一样）要求它的人民一个人干好几个人的活；所以，埃尔南德斯当过庄园看管人、士兵、速记员、记者、语法教员、打笔墨官司的人、土地买卖经纪人、书商、参议员，还糊里糊涂地当过那个时代内战的军官。一八八六年十月二十一日，他殁于贝尔格拉诺区 [3] 圣何塞他的别墅里。

较之其传记的故事情节和日期更饶有兴味的是这么一件毋庸置疑的事实：埃尔南德斯没有给他的同时代人留下什么印象。格鲁萨克在巴黎逗留时期，拜访了维克多·雨果。他在他的《知识旅行》里告诉我们说：他在门厅里等候着，尽

---

* 豪尔赫·路易斯·博尔赫斯曾为何塞·埃尔南德斯《马丁·菲耶罗》的三个版本作序。——原编者注
1 布宜诺斯艾利斯省一县名，也为布宜诺斯艾利斯市西北部一街名。
2 位于布宜诺斯艾利斯市西北方向。
3 位于布宜诺斯艾利斯市北部。

力使自己能在有这位伟大诗人到场的环境里激动起来；然而，虽然他有一股文学激情，但却很平静，"好像就在何塞·埃尔南德斯——《马丁·菲耶罗》的作者的家里一样"。马丁内斯·埃斯特拉达则认为，埃尔南德斯并不想给人留下什么印象，他寻求的是孤独和阴暗，这无异一种自戕。不过，这么揣测，也未免太极端了。我们只要记住这件事就够了：十九世纪下半叶，任何一个为高乔人辩护的人，都必然像一个倒行逆施的人，一个不计什么利益的人一样。埃尔南德斯是联邦派，而我国当时许多优秀人士，由于道义的和文化的原因，对这一派别都深恶痛绝。在一座人人彼此熟识的城市里，埃尔南德斯居然没有留下一则轶事。不过，我们很清楚，他身材魁梧，一脸胡子，强壮有力，性格开朗，记忆力非凡。我们大家也都知道，他和他们家其他人一样，是个唯灵论者。他的朋友们给了他"马丁·菲耶罗"这个外号。家父曾在少年时代拜访过他，回忆道，在他家（离如今叫做维森特·洛佩斯的广场很近）的门厅里，画有一幅派桑杜[1]包围图；他弟

1　乌拉圭西部一个省份。

弟拉斐尔曾参加了那场战斗。图利奥·门德斯告诉我们说，约摸在一八八几年光景，埃尔南德斯骑着马在贝尔格拉诺区遛了一圈；熟人问他骑马遛弯儿干什么呀，他回答说"减肥呀"，大伙于是把这句话说完整了："遛马减肥。"

对于《马丁·菲耶罗》的作者，人们三番五次地运用了塞万提斯和莎士比亚的悖理：已作必要的改正[1]。这是漫不经心的普通人留下后世永不忘怀的作品时的一种悖理。众所周知，上述几位作家，每位都依据一个文学传统，我们不妨认为，这也是何塞·埃尔南德斯运用并使之增辉的传统。

高 乔 诗 歌

高乔诗歌是纷繁复杂的西班牙语文学最为独特的大事之一。人们习惯地认为，它是由高乔人创作的；这就好比说，人们的脸蛋是肖像艺术的作者，而《堂吉诃德》则出自阿隆索·吉哈诺的手笔。高乔人是这种诗歌的素材，而不是它的创作者。从俄勒冈或蒙大拿到合恩角，都有与高乔人相似

1　原文为拉丁文。

的人，这些地区至今仍然没有创作出能与我们称之为的高乔诗歌媲美的诗歌。因而，显而易见，光有沙漠和骑士是远远不够的。

有一种浪漫的偏见很难接受这么一种看法，即高乔诗歌是城里人的发现或创造。格鲁萨克约在一九二七年左右写道，《堂塞贡多·松勃拉》的作者为了不让人看到他的晚礼服，只好把篷丘[1]往下抻了抻；也许，他只是对埃斯塔尼斯劳·德尔坎伯或者埃尔南德斯开了一次陈旧的玩笑，因为，他们两位确实不是高乔人。众所周知，他们都是布宜诺斯艾利斯城里人，但是已经跟草原上的习惯和语言打成一片了。为了打成一片，无须具备许多条件：与庄园主和短工一样的牧民生活、骑马技巧、接触田野面对各种危险、相同的土生白人出身、坚韧不拔地参加过内战，另外，还得有这么一件事实：参加过由城里人率领、但有高乔人加入的骑兵兵团。再有，就是不能讲加剧城乡隔阂的特殊方言。如果用了这种方言（正如一些语言学家强调的那样），那么高乔诗歌就变得过于矫揉造

---

1 南美常见的斗篷式外套。

作，就不是那么回事了。

萨缅托在列举和研究高乔人的类别时，曾经向我们谈到了游吟诗人或歌手；而人们正是试图从这种歌手的身上看到高乔诗歌的渊源。里卡多·罗哈斯认为，埃尔南德斯终将成为最后一名游吟诗人。但是，应该指出一件无可辩驳的事实：田野或沿岸[1]一带的游吟诗人是为痞子[2]或高乔人吟唱的痞子或高乔人，他们不追求也不需要什么地方色彩。反之，我们称之为高乔诗人的（伊达尔戈、阿斯卡苏比、埃尔南德斯），是自诩为高乔人的文化人，为此，他们创造出一种粗犷的调调儿。这两种诗歌的基本差别可以在《马丁·菲耶罗》的文本里得到印证。各色人等的嗓音、形象以及有关潘帕斯草原的描写在作品里可谓丰富详尽，但是当高乔人与黑人对歌时，他们在庄园以及在边境的贫困生活就被遗忘了，而谈起了夜晚、海洋、时间、重压和永恒。仿佛埃尔南德斯标示出他的文学创作与无名游吟诗人豪迈然而徒劳的感情迥然不同的差异。

---

1 指拉普拉塔河沿岸。
2 此处特指拉普拉塔河附近的郊区平民，该词在日常西班牙语里带有贬义。

此外，高乔诗歌的历史没有任何神秘之处。一八一二年左右，蒙得维的亚作家巴托洛梅·伊达尔戈开了这风气之先。毫无疑问，正是因为他，才发现了高乔人用如此精美细腻的语言表述、借以愉悦有文化的读者的这种朴实的表现技能的。罗哈斯称之为游吟诗人，然而就在他所著《阿根廷文学史》的一些篇幅里，人们会看到，他没有去鉴定这种八音节的诗句，反倒转向了十一音节的诗句了[1]，而这种韵律恰恰是游吟诗人所不能接受的。继伊达尔戈之后，便是伊拉里奥·阿斯卡苏比，他在巴西战争以及几场国内战争中曾经当过兵；他那勇敢的、举世无双的劳绩散见于《保利诺·卢塞罗》、《雄鸡阿尼塞托》和《桑托斯·维加》这三本书。为影射第二本书的书名，他的朋友埃斯塔尼斯劳·德尔坎伯给他起了"雏鸡阿纳斯塔奥"这么一个类似的诨名。在他最负盛名的作品《浮士德》里，有幽默、柔情，还有一种愉快的友情。一八七二年初，罗西奇在蒙得维的亚发表了《三位东部高乔人》，这是一部战士的对歌，

---

[1] 高乔诗歌每句通常为八个音节，如《马丁·菲耶罗》等。

反映了阿斯卡苏比和伊达尔戈的影响，同时也提前展示了《高乔人马丁·菲耶罗》。

《马丁·菲耶罗》

关于这部作品的创作，我们知道些什么？埃尔南德斯在此书初版前，致函堂索伊洛·米根斯，宣称该书的创作有助于他远离了令人厌烦的旅馆生活。卢贡内斯认为，这指的是位于五月二十五日大街和里瓦达维亚大街[1]的那个街角的阿根廷旅馆，埃尔南德斯很可能在那里即兴创作了《在阴谋家的家什中间》一诗；而维森特·罗西则认为那是圣安娜-利弗拉门图[2]的一家旅馆，尼阿埃贝[3]兵败之后，埃尔南德斯即在此藏身。巴西和乌拉圭边境的高乔人可能使他回想起布宜诺斯艾利斯边境另外一些高乔人来。这也许可以解释，为什么在他的作品里可以发现一些巴西味道了。比作品中地理或地貌

---

1 五月二十五日大街和里瓦达维亚大街均在布宜诺斯艾利斯市，前者为南北走向，后为东西走向。这两条大街交接的街角，则在该市东部，在阿根廷总统府邸玫瑰宫附近。

2 巴西地名。

3 阿根廷地名。

更为重要的是这么一件事实：一个从未涉足诗歌、从未想到和试图写出伟大的诗篇的人，竟写出了一部伟大的诗篇。

埃尔南德斯是在一八七二年岁末在布宜诺斯艾利斯市出版《马丁·菲耶罗》的。第一版不附插图，外观像一本练习簿。很明显，这是要吸引普通老百姓，而不是有文化的读者的注意。作者的意图不是文学性的，而是政治性的，他的同时代人也这么理解；自然我们不必急于责备这种盲目的批评。埃尔南德斯具有联邦派传统，他试图揭示二十年前发动的那场卡塞罗斯战役丝毫也没有改善高乔人的悲惨命运。抗击印第安人的边境防卫战已经把军队演变成由监狱以及由非法任意招兵而支撑的用刑机构。埃尔南德斯试图揭露这种胡作非为的勾当，对我们来说，幸好他找不到比诗歌更为合适的办法了。同时，他可能想，埃斯塔尼斯劳·德尔坎伯和阿斯卡苏比下笔夸张，歪曲了高乔人淳朴的语言。因此，他产生了创作一种诗歌的念头，要描绘一个高乔人用真正自己的声音吟唱政府给他们带来的不幸和悲惨境遇。而这个高乔人必须带有普遍意义，每个高乔人都可以与他认同。所以，马丁·菲耶罗没有有名有姓的父母（*我如同自由之鱼／出生在*

深深海底）；所以，该书描绘的地理环境在南部边疆（常提及阿亚库乔和山脉）和西部边境之间（直指着日落之处／向内地驰骋迅跑）。

马丁·菲耶罗由于违背自己的禁欲主义意愿，因而常常自我抱怨。而作家这一遭人非议的意图却正是要反复表现这种抱怨。

行文至此，我已经揣度了埃尔南德斯可能怀有的意图；如果那场争论与他的计划合拍一致，我们今天也不会再记得他了。幸好，马丁·菲耶罗让何塞·埃尔南德斯敬服。一个形象可能原先就设计好、备受虐待、满腹牢骚的高乔人，渐渐地被文学史上所记载的最逼真、最粗野、最令人信服的一个男子汉所替代。恐怕连埃尔南德斯本人也讲不清究竟是怎么回事，更何况我们了。我倒要说，是主人公的声音压倒了作家营造环境的目的。这位作家身上载荷的经验，从未有人加以考察和分析。时光中这些阴暗的事情反映在他撰写的诗篇里。为了给千秋万代留下一本他们不甘忘却的作品，应该以一种纯净的心态着手进行这项工作（但这不取决于作者）。塞万提斯要撰写的是一部戏仿骑士小说的作品，埃尔南德斯要写的则是一本反对作战部的大众化小册子。

卢贡内斯所著《游吟诗人》（一九一六年）一书第七章起了一个有争议的标题：《〈马丁·菲耶罗〉是一部好战的诗作》。根据我们给这个形容词作出的定义不同，这场论争会有几种不同的结局。如果我们将其界定为（就像卡利斯托·奥尤埃拉[1]希望的那样）涉及传统题材、有英雄人物也有神灵这么一部类似无名氏的作品，那么，《马丁·菲耶罗》就不是一部史诗；但假如我们将给后世留下搏击命运、不畏风险、勇敢顽强的精神的作品称之为史诗，那么，它毫无疑问受之无愧。

尽管埃尔南德斯是米特雷的对头，还是给他寄了一本此诗的样书。在米特雷的回信里可以读到这么一句话："伊达尔戈将永远是您的荷马。"的确，如果没有伊达尔戈开创的传统，《马丁·菲耶罗》就不可能存在；但同样确凿的是，埃尔南德斯反叛了这个传统，改革了这个传统，以满腔热情投入创作，也许，别无他法来运用一种传统了……关于这一点，埃尔南德斯在致索伊洛·米根斯上述那封信里的那番话颇能

1　Calixto Oyuela（1857—1935），阿根廷诗人、散文家、评论家。

说明问题："如果有人建议我以高乔人的蒙昧为代价去让人开怀发笑（这种做法在诸如此类的作品里是屡见不鲜的），那么，这部作品恐怕就会容易得多，也会获得更大成功。然而我的目的却是以粗犷的线条去描绘（尽管是忠诚地）他们的习惯、他们的劳动、他们的生活习俗、他们的秉性、他们的缺陷和他们的长处。[……]马丁·菲耶罗并不到城里向伙伴叙说他在某个五月二十五日[1]或者另外一个类似的活动中的所见所闻——《浮士德》以及其他一些作品就这么叙说过，当然，它们也确实取得过很大成就——而是来讲述高乔人生活的不幸的。"

艺术的一个作用就是把一个幻想中的昨天铭刻在人们的脑际。在阿根廷创作界所构思的所有故事中，菲耶罗的故事、克鲁斯的故事以及他子女的故事是凄婉动人、确定无疑的。

何塞·埃尔南德斯《马丁·菲耶罗》，南方出版社，一九六二年，布宜诺斯艾利斯

———————

1　阿根廷国庆节。

二

　　撰写一部名著，一部千秋万代都愿其永垂不朽的作品，不可或缺的一个条件可能是：不要说三道四，滥出主意。责任感可能会妨碍或中断美学活动，而某种与艺术无关的推动却可能有利于它。维吉尔是奉奥古斯都之命写出他的《埃涅阿斯纪》的；米格尔·德·塞万提斯上尉寻求的只是对骑士小说的戏仿；而莎士比亚这位剧团经理则是为他的喜剧演员，而并非为了让柯尔律治或者莱辛评析而撰写或改编剧本的。联邦派记者何塞·埃尔南德斯的情况可能不怎么有趣，然而也不怎么难解释。激励他创作《马丁·菲耶罗》的动机，应该说最初是艺术性弱、政治性强的。卢贡内斯在他的《游吟诗人》里真实可信地再现了这幅图景，他让我们的埃尔南德斯，在那家朝向五月广场[1]的旅馆里，在他那阴谋家的家什中间，挥笔疾书他的高乔人的不幸遭遇。他采用了八个音节的

---

[1]　位于布宜诺斯艾利斯东部阿根廷总统府西侧，就在埃尔南德斯下榻旅馆的对面。

诗句，可能是为了贴近民众，便于吉他弹奏；而伊达尔戈和阿斯卡苏比的榜样必定也对他产生了影响。为了达到采用诗歌形式撰写这本小册子的目的，其主人公最好是所有的高乔人，要不就是任何一个高乔人。马丁·菲耶罗一开始是缺乏与众不同的特征的，他并非专指什么人，带有普遍意义，常常牢骚满腹，这是为了让最不留意听的人也明白，作战部是极其残酷地虐待他的。这部作品沿着预先设想的道路进行创作，但逐渐产生了一种神奇的，或者说神秘的东西：菲耶罗让埃尔南德斯屈就了自己。他不再是原本故事里要描绘的那个爱发牢骚的可怜虫了，而是我们熟知的一条硬汉，他逃离尘嚣，开小差，放声歌唱，玩弄刀子，而且对于有些人来说，他还是一位勇士。

众所周知，米特雷在收到该诗样书后，曾复信作者说："伊达尔戈将永远是您的荷马。"这条意见是很公正的，但同样公正的是要记得，埃尔南德斯并没有机械地局限于文学史家称之为高乔文学的那种传统，他反倒创新并改革了这一传统。他笔下的高乔人是要来感动我们，而不是来取悦我们的。

谁也不可能捉摸得透那种种促使何塞·埃尔南德斯具备创作一部几乎是违背自己意愿的经典作品的才能的有利条件。四十年的艰辛坎坷岁月赋予他多方面的体验：清晨，消逝的黄昏，草原的夜晚，死去的高乔人的音容笑貌，对马群和暴风雨的回忆，见到的、梦到的以及忘却的件件情事全都在他脑海里。他的笔也就随之不停挥舞。那部作品就这么问世了，不管埃尔南德斯还是他的同时代人都没有深入堂奥，后来，由于卢贡内斯和埃塞基耶尔·马丁内斯·埃斯特拉达的不懈努力，才使它更丰富多彩。

由我作序的这个版本是一种仿制品。在将近一个世纪之后，重新发现何塞·埃尔南德斯在当时的布宜诺斯艾利斯见到的同样的排印结构、同样的字体，会有一种惊喜的感觉。那时候，曾在巴拉圭浴血奋战的浩浩荡荡的红蓝师团[1]正风尘仆仆地载誉归来。

何塞·埃尔南德斯《高乔人马丁·菲耶罗》，《马

---

1 阿根廷军队官兵着红蓝两色制服（上红下蓝），故名。

丁·菲耶罗的归来》，仿制版，百人队长出版社，一九六二年，布宜诺斯艾利斯

三

《马丁·菲耶罗》是萨缅托的《法昆多》之后或与之并驾齐驱的阿根廷文学中最重要的作品。其人文的和美学的价值（或许这两种价值基本上是相同的）是不容否认的。大洋两岸许多权威批评家，而毫无疑问地更为重要的是，有好几代读者，早就表明了这一看法。人们对美学的东西很敏感，但他们也认为，光是美学的东西不足以赢得自己的钦佩。拿《马丁·菲耶罗》来说，人们援引的种种理由就与我们阅读时感受的愉悦，那种复杂、令人激奋的愉悦是完全不相干的。人们一再说，《马丁·菲耶罗》是一部史诗，阿根廷历史从某种程度上讲就概括在该书的篇章里，而将其与《圣经》媲美的也大有人在。这种轻率夸张的说法立即遭到了（奥尤埃拉等人的）批驳，因为它会给严肃的评判蒙上阴影，带来伤害。我们现在来看看事实。

一八七二年左右，埃尔南德斯还不到四十岁。他弟弟拉斐尔比他出名，罗斯洛[1]多年之后在他所著《乌拉圭文学史》里，把何塞的作品算在他账上了。在大村庄[2]这座人人彼此熟识的城市里，埃尔南德斯没留下一则轶事。他只是一位阿根廷绅士，遵循罗萨斯传统，还跟普埃伦东家族沾点亲。除了一件鲜为人知的事情，他没有做过什么可资怀念的举措。他毫不犹豫地把整整一生投入《马丁·菲耶罗》的创作。光说他熟悉高乔人是远远不够的，而不熟悉他们又是不可能的。我指的是埃尔南德斯本人很可能不懂得确切把握的体验：广袤的边境附近的黎明或黄昏、一个人的音容笑貌的勾勒、拂晓时分叙述而又忘却的故事。诸如此类留在阴影里的许多事情，在他动笔时，都会一一向他涌来。正如卢贡内斯指出的那样，幸好没有人注意到他曾在布宜诺斯艾利斯作过停留，因为他也参与了里卡多·洛佩斯·霍尔丹反乌尔基萨的阴谋活动。他在朝向五月广场的那家旅馆里，有两三个星期足不出户，他在那儿写成了那部诗歌。

1　Conrado Nalé Roxlo（1898—1971），阿根廷诗人、小说家、剧作家。
2　指当时的布宜诺斯艾利斯。

其创作初衷是政治性的。那时候，招兵，或者说一种肆无忌惮的征兵模式，是屡见不鲜的。人们在酒馆、妓院或者市场寻找壮丁，然后把他们交送部队。埃尔南德斯很可能在一开始是想写一本小册子，谴责这一暴行。后来，对我们来说是幸好他想起了由巴托洛梅·伊达尔戈开创、后又经伊拉里奥·阿斯卡苏比和埃斯塔尼斯劳·德尔坎伯使之扬名的高乔诗歌，它那格律形式以及淳朴粗犷的语言日后大大地推动了这本小册子的传播。

埃尔南德斯或许做到了一个人对于传统所能做的唯一一件事：革新。为了表现诙谐幽默，他的前辈强调了农村的语言；然而，埃尔南德斯从一开始就让我们严肃认真地正视他的高乔人。让我们回忆一下《浮士德》的第一节吧：

> 一匹金光闪闪的红鬃烈马，
>
> 那齐整崭新的坐骑，
>
> 一溜儿小跑来到了巴霍[1]。

1　布宜诺斯艾利斯省的县名。

一位巴拉加多[1]的乡亲，

姿态优美地坐在上面，

从那叫做拉古纳[2]的地方。

他娘的，这骑马的小伙，

我看是没有别人，

能勒住这头牲口，

叫它上天摘月亮星星！

现在，再看《马丁·菲耶罗》如何开篇：

此时此地歌一曲，

吉他声声伴我语。

一生一世唱不尽，

苦难深深沉心底。

好似孤飞鸟一只，

我以此歌慰自己。

---

1 2　均为布宜诺斯艾利斯省的县名。

作品的主题要求被作战部虐待欺凌的农民必须是一个高乔人，或者只要愿意，也可以是全体高乔人。因此，主人公的父母无名无姓（我如同自由之鱼／出生在深深海底）；因此，故事的地理环境故意写得含混不清。山脉一词可以指南方，可是当那个高乔强盗和军曹[1]骑着借来的马匹，去寻找土人部落时，奔向的却是西方（直指着日落之处／向内地驰骋迅跑）。

这个形单影只的人在他旅馆的小房间里写呀写的，奇事就发生了：菲耶罗，这个原本仅仅为了押韵而琢磨出的一个声音，紧紧抓住了何塞·埃尔南德斯。他变成了我国文学所刻画的最为生动逼真的人物，变成了一位如此逼真、如此复杂的人物，以至出现完全相左的评价。奥尤埃拉以为他是一个逃犯，一个杀生不多的莫雷拉；而卢贡内斯和里卡多·罗哈斯则认为他是一位英雄。

任何诗歌，只要不是机械地搬弄辞藻，总会超过诗人原先的设想。过去乞灵于缪斯的做法并不是一种修辞的模式。承诺诗歌的空洞之处即源于此，它否定神灵的深远根源，预先假定诗歌取决于诗人的意愿。征服荒原是史诗性的，然而

1　高乔强盗指诗中主人公马丁·菲耶罗，军曹指另一人物克鲁斯。

埃尔南德斯因为要抨击这场战争，不得不回避或忽视了真正具有史诗意义的东西。他穿插的战斗故事远不如杀害黑人和跟一伙人打架那样令人难以忘怀。

大家知道，罗哈斯定名的高乔诗歌是城里人创作的。他们装着像高乔人的样子，其实根本不是。一九二六年，保罗·格鲁萨克老调重弹，又捡起了那个老玩笑，取笑埃斯塔尼斯劳·德尔坎伯或埃尔南德斯，他借挖苦里卡多·吉拉尔德斯，说道："为了不让人看到他的大礼服，他把篷丘往下抻了抻。"[1] 谁也不如埃尔南德斯更能容忍这种不和。除了个别几处有些过分悲叹（高乔人决不会如此怨天尤人），个别几个诗节是诗人自己的语言之外（这支笔所画的东西／连时间也抹它不去），全诗协调一致，完美无缺。

也许，这种体裁的最大的问题是景色描写。

读者应该加以想象。粗汉是不会描绘景色的；因为他只会估摸，或者因为他看不到。埃尔南德斯无意识地解决了这个问题。浏览《马丁·菲耶罗》，我们感受到草原的展现，感

1　博尔赫斯在本文前面几段提到此事的年代是 1927 年。恐作者有误。

受到那从未有人描绘、然而一直引人遐想的、沉默着的潘帕斯草原的厚重。确实如此，不妨举例：

　　那高乔最为不幸，

　　原曾有马群纯青。

　　他而且不乏安慰，

　　论处事强干精明。

　　牧场上放眼观望，

　　但只见蔽野畜群。

　　还有：

　　克鲁斯和菲耶罗，

　　偷偷把马群驱赶。

　　像土生白人般老练，

　　让牲口走在前面，

　　很快就过了边界，

　　神不知鬼也未见。

两人刚跨过边境，

已是明亮的清晨。

克鲁斯提醒马丁，

看一眼身后的村庄。

就只见两行热泪，

在朋友脸上滚落。

何塞·埃尔南德斯《马丁·菲耶罗》，圣地亚哥·鲁埃达出版社，一九六八年，布宜诺斯艾利斯

一九七四年附记

《马丁·菲耶罗》是一本写得很好，却常被人误读的书。埃尔南德斯写这本书的目的是揭露作战部（我沿用那个时代的专门名称）把高乔人打成逃兵和叛徒；卢贡内斯把这个不幸的人赞扬为勇士并推崇他为典型人物。我们现在正经历着其后果。

林一安　译

亨利·詹姆斯《谦卑的诺斯摩尔一家》

亨利·詹姆斯于一八四三年四月十五日出生在纽约。其父与其同名，是一位改宗斯维登堡派的哲学家；其兄是创立实用主义的杰出心理学家。父亲希望他两个儿子都成为世界主义者（从淡泊人生的意义上讲的世界公民），决定让他们在英国、法国、日内瓦和罗马接受教育。一八六〇年，亨利回到美国，开始后又终止了徒劳的法律学习。自一八六四年始，他倾注全力、目标明确、心情舒畅地投入文学创作。从一八六九年起，他定居伦敦和苏塞克斯[1]。他后来回美国旅行，就是偶尔为之的了，而且，从未越过新英格兰之外。一九一五年七月，他加入英国国籍，因为他认为，他祖国的道义责任是向德国宣战。[2]一九一六年二月二十八日，他溘然辞世。他在弥留之际说："这件不同寻常的事情，死亡，现在终于来了。"

他作品的最后修订版由他本人仔细审定，凡三十五卷。这部一丝不苟的文集的主要部分是长篇和短篇小说。还收有一篇他始终敬重的霍桑的传记以及评述他的密友屠格涅夫和福楼拜的论文。他不大看得起左拉，由于错综复杂的原因，也不大看得起易卜生。他对威尔斯百般呵护，可此公却忘恩负义，不知图报。他还是吉卜林的证婚人。他的全部作品还包括研究论文，门类十分繁杂：叙事艺术、发现尚未有人涉足的题材、作为一种主题的文学生活、间接叙事技巧、坏人和死人、即兴创作的长处与风险、超自然的事物、时间的流逝、使人产生兴趣的职责、插图画家应遵循的限定范围以免与正文争夺地盘、方言中不可接纳的东西、观点、以第一人称叙述的小说、朗读、精确程度无出其右的对邪恶的刻画、在欧洲流亡的美国人、在宇宙里流亡的人类……这些特意编

1 英国东南部郡。
2 亨利·詹姆斯因不满美国在第一次世界大战开始时的"中立"态度而加入英国籍。

在一卷书里的分析，构成了光辉灿烂的篇章。

他有几部喜剧在伦敦的剧场里上演过，得到的是一片嘘声；而且，还受到萧伯纳有礼貌的指责。他从未被大众接受，英国评论界给予他的是无视与冷漠，往往排斥阅读他的作品。

"他的传记，"路德维希·莱维松写道，"省略的部分远比包含的部分更有意义。"

东西方的文学我考察过一些，编过一部百科全书式的幻想文学选集，译过卡夫卡、梅尔维尔、布洛瓦，但却没有读过比亨利·詹姆斯更为奇特的创作。我所列举的这些作家，他们的作品从第一行开始就令人十分惊讶，他们在篇章里设想的宇宙，从专业的角度来衡量，几乎是不切实际的。詹姆斯在暴露自己之前，在暴露自己是地狱里一个听天由命、善于讽刺的居民之前，有可能被认为是一个十足世俗的小说家的样子，而且比别人更加平庸。乍一读来，那种模棱两可、肤浅的笔法会使人心烦；但读了几页之后，我们就会明白，这种有意疏忽大意的安排反倒使全书丰富多彩。不过，我们必须明白，这并不是象征主义作家纯粹的闪烁其词；根据这种含混不清的说法，可以凭借暗示一种意思来表达另一种意思。其实，这是小说的有意省略，使我们得以用这种或那种方式来阐释小说。无论这种或那种方式，都是作者事先深思熟虑、决定好的。正因为如此，我们不知道，在《主人的教训》里，对弟子的劝告是否背信弃义；在《螺丝在拧紧》里，孩子们究竟是受害者呢，还是与魔鬼无异的幽灵的干将；在《圣泉》里，究竟哪位假装要查清吉伯特·朗秘密的女士是这一秘密的主角；在《谦卑的诺斯摩尔一家》里，霍柏夫人计划的最终结局怎么样。对于这篇精美的复仇小说，我想指出一个问题：华伦·霍柏，这位我们仅仅通过他妻子的眼睛才认识的人物，从本质上来说，究竟是有功，还是有过？

詹姆斯曾被指责笔法离奇夸张，这是因为，据这位作家看来，种种事实就是情节的一种夸张或强调。在《美国人》里，情况就如此：德·贝尔加德夫人的罪行，就其罪行本身而言，是不可置信的，但作为一个古老家族腐朽的暗示，又是可以接受的了。在《狮子之死》这篇小说里，情况亦复如此：英雄之死以及手稿的不慎遗失无非是揭示那些假装钦佩他的人实际上冷漠无情的隐喻。矛盾的是，詹姆斯并不是一位心理小说家。他的小说的情节，他的作品，并不是从人物个性涌现出来的；那些人物个性是用来合理安排情节的。梅瑞狄斯正与之相反。

有关詹姆斯的批评论著很多，可以查阅的有吕比卡·威斯特的专著（《亨利·詹姆斯》，一九一六年），珀西·拉伯克的《虚构作品的技艺》（一九二一年），《猎犬和尖角》杂志一九三四年四、五月号纪念专刊，斯蒂芬·斯彭德[1]的《破坏性因素》以及格雷厄姆·格林收在集体论著《英国小说家》（一九三六年）里那篇满怀激情的文章。那篇文章是这么结尾的："……亨利·詹姆斯在小说史上如同莎士比亚在诗歌史上一样茕茕独立。"

> 亨利·詹姆斯《谦卑的诺斯摩尔一家》，豪·路·博尔赫斯作序，埃梅塞出版社，《狮头吐火兽丛书》，一九四五年，布宜诺斯艾利斯

林一安　译

1　Stephen Spender（1909—1995），英国诗人、文学评论家。

弗兰茨·卡夫卡《变形记》

卡夫卡于一八八三年出生在布拉格市犹太区。他体弱多病，生性阴郁，父亲打心眼儿里总对他瞧不上眼，直到一九二二年一直对他盛气凌人。（他本人曾经公开宣称，他的所有作品都来源于他们父子之间的冲突，来源于他对父母的合法支配权的顽强不屈的思考；这种权利悲天悯人，神秘莫测；苛求不断，无休无止。）关于他的青年时代，我们知道两件事情：一次失败的爱情以及对旅行小说的喜好。大学毕业后，他在一家保险公司工作了一段时期。这份差使，使他不幸染上肺病：卡夫卡时不时地到蒂罗尔[1]、喀尔巴阡山以及厄尔士山[2]的疗养院里打发他的后半生。一九一三年，他的处女作《审判》问世；一九一五年，著名中篇小说《变形记》

出版；一九一九年，由十四个短篇幻想小说或者说十四场短暂的梦魇组成的《乡村医生》发表。

战争的压力在这几本书里得到了展示。这种压力残酷的特点是强迫人们装出满怀幸福、情绪激昂的模样……轴心国在被围困、被打败后，于一九一八年投降。当然，这种包围还远未结束，而受难者之一，便是弗兰茨·卡夫卡。一九二二年，他在柏林和一位哈西德教派[3]的姑娘多拉·迪曼特安了家。一九二四年夏，由于战争期间和战后物品匮乏，他病情恶化，在维也纳附近一家疗养院里与世长辞。他的朋友和遗嘱执行人马克斯·布罗德没有听从亡友生前表示的严禁公开手稿的嘱咐，反而大量地公之于众。正是由于这一有违友托的明智举动，我们才得以全面了解本世纪最为奇特的作品之一。[4]

1　奥地利西部一个州。

2　捷克境内一座矿山，与德国接壤。

3　12、13 世纪在德国兴起的犹太教派，带有神秘主义和苦行主义特征。

4　维吉尔在临终前曾嘱托友人销毁其未完成的《埃涅阿斯纪》，该书不无神秘地以 Fugit indignata sub umbras（他忿忿地前往冥府）中断，朋友们像后来的马克斯·布罗德那样，没有从命。凡此两例，其实说明人们是尊重死者内心秘密的本意的。如果死者真的要销毁自己的作品，他本人就可办到；可他却委托别人去做，目的是摆脱责任，而不是要人照办他的吩咐。另外，卡夫卡本想写一部表现幸福祥和的作品，而不是他的率真坦诚启示他写出的那类格调统一的梦魇。——原注弗兰茨·卡夫卡的作品，贯穿有两种观念（更确切地说，两种迷恋）。其一，是从属性；其二，便是无限性。他几乎所有的小说都刻画过达官要人，而这种达官显要都是无限的。他第一部长篇小说的主人公卡尔·罗斯曼，是一个贫苦的德国少年，他在一个错综复杂的大陆上闯路谋生，末了，俄克拉何马自然大剧院接纳了他；而这家剧院无比的大，人口稠密，绝不亚于地球，提前展现了天堂的美景（这是极具个人色彩的特点：即便上了天堂仙境，人们在幸福之余，总还要遭受各种轻微的磨难）。第二部长篇小说的主人公约瑟夫·K，被一场不公正的审判压得越来越透不过气来，他没有办法把人们控告他的罪行弄个水落石出，也无法对抗那个理应作出合理判决的无形的法庭，末了，后者竟不经审议，使其身首异处。K 是作家第三部也是最后一部长篇小说的主角。他是一名土地测量员，被召唤去一座城堡，但他怎么也进不去，直到咽气也得不到城堡统治当局的认可。在作家的短篇小说里，这种无休无止的耽搁同样贯穿始终，其中有一篇讲，由于有人在信使途中作梗阻挠，圣旨永远也下达不了；另一篇说，有一个人至死也访问不了近在咫尺的小镇子；还有一篇（《日常的困惑》）则说有两位街坊，怎么也聚会不到一起。其中最令人难以忘怀的一篇（《中国长城建造时》，一九一九年），其无限可说是层出不穷的：为了遏制无限远的军队的侵犯，一位无限久远的皇帝下旨千秋万代无休无止地围着他广阔无垠的帝国建造一道无边无际的城墙。

批评界很惋惜卡夫卡这三部长篇小说没有多少间歇的篇章，但他们也承认这些篇章并不是必不可少的。依我看来，这种埋怨其实表明对卡夫卡的艺术缺乏了解。这几部"没有终结的"长篇小说的动人之处恰恰诞生自翻来覆去地阻挠彼此类似的主人公无穷无尽的障碍！弗兰茨·卡夫卡没有终结他的长篇小说，因为首要的是让它们无法终结。芝诺的第一条、也是最明确的一条悖论[1]，大家还记得吧？运动是不可能的，因为我们在到达 B 点之前，必须先到达中点 C；在到达 C 点之前，又必须先到达中点 D；而在到达 D 点之前……这位希腊哲人没有把所有的点全都举出来，弗兰茨·卡夫卡也大可不必将所有的故事全盘抛出，只需我们懂得，这些故事

---

[1] 即飞矢不动。

犹如地狱般无底无垠，则足矣。

在德国国内以及在德国境外，已经有人准备从神学方面来对他的作品加以阐释。这虽不是任意为之（众所周知，卡夫卡是帕斯卡和克尔恺郭尔的信徒），但也并非十分有用。欣赏卡夫卡的作品的乐趣（正如欣赏其他许多作品一样），完全可以在一切阐释之前享受到，而不必有所依赖。

卡夫卡最毋庸置辩的长处是创造了难以忍受的情境。他只需短短数行，就能勾勒出一幅永远的图画。比方说，"那牲口从主人手里夺过皮鞭，抽打自己，末了变成了主人，可他不明白的是，那只是皮鞭新打的一个结所引发的幻觉"。要不然，就是："豹群闯入神庙，喝起圣杯里的葡萄酒来；此事五次三番地反复发生，后来人们预料将来仍要发生，并将它纳入神庙的典礼"。在卡夫卡的作品里，艺术加工不如构思创意受到器重。人，在他的作品里，仅仅只有一个：居家的人[1]（犹太味和日耳曼味十足的词），他渴求一个地方，哪怕寒酸到家，不管什么社会秩序；无论在宇宙，在一个部，在疯人

---

1 原文为拉丁文。

收容所，还是在监狱。最本质的东西是作品的情节和氛围，而不是故事的演变和心理揭示。因此，他的短篇小说要优于他的长篇。因此，我们有权利强调，这本短篇小说集完整地衡量了一位如此奇特的作家的价值。

弗兰茨·卡夫卡《变形记》，豪·路·博尔赫斯翻译[1]并作序，洛萨达出版社，《小纸鸟丛书》，一九三八年，布宜诺斯艾利斯

林一安　译

---

1 据 1996 年新版的《博尔赫斯七席谈》，该短篇小说集以其中一篇《变形记》题名，博氏并非该篇的译者，但译了其他多篇小说，见《博尔赫斯七席谈》原书第一百三十七页，阿根廷协会出版社，布宜诺斯艾利斯，1996。

诺拉·兰赫《街头黄昏》

诺拉·兰赫在别墅里的日日夜夜是徐缓的，又是有光彩的。我没有准确地标明别墅的地理位置，只消指出，它就坐落在靠近那几条大街的地方。日落时分，夕阳的余晖洒满街头；那高高的人行道上无精打采的砖头恰似那落日的缩影：光线懒洋洋地，凑合着给地区深处送去一点儿欢乐。我就是在这一带认识诺拉的。她一头秀发，光彩照人；身材高挑，步履轻盈，青春亮丽。这两点交相辉映，显得她绰约超群、轻盈、高挑，而且激情满怀，就仿佛一面在风中猎猎飘扬的旗帜。她的精神世界亦复如此。在那个温和的昨天，在那个漫长的三年都没有对之有所损伤的昨天，极端主义一觉在美洲的大地上醒来；而它那生气勃勃、在塞维利亚曾经活跃新奇一时的意愿，忠实并热情地震撼了我们。那是《棱镜》[1] 的时代。《棱镜》是一份墙报，它给了双目失明的墙壁以及无人问津的壁龛一种短暂的眼力，它照亮一间间房屋，为逆来顺受的习惯打开了一扇窗户。那也是《船头》[2] 的时代，它那三张可以随意打开的纸片就好比一个三面镜，可以令映照出来的脸庞停滞的神情活动变化。就我们的感觉而言，当代的诗歌就像失灵的咒语一样，是无用的，于是我们就产生了创作新抒情诗的抱负。我们对公元十世纪诗人那种傲慢的言辞以及不准确的音乐感已经厌烦透顶，我们要追求一种独一无二、切实有用的艺术，要有一种不可否认的美感，仿佛阳春十月[3] 对人体以及对大地激起的兴奋愉悦。我们练习刻画形象，练习警句以及性质形容词，很快就很简练了。诺拉·兰赫就是在这起始阶段，来到我们兄弟般的集体的。我们倾听着她令人激动、令人心潮起伏的诗篇；我们仿佛看到，她的嗓音就像一张总能射中猎物的硬弓，而这猎物总是一颗星星。一个

1　博尔赫斯早年创办的一份极端主义刊物。
2　博尔赫斯和朋友于 1922 年至 1924 年创办的刊物。
3　阿根廷 9 月 21 日至 12 月 21 日为春季，阳光明媚。

十五岁的小姑娘的诗篇竟这么明净！这么有效！这些诗篇闪烁着两个优点：第一，有着我们时代的特点和编年的意义；第二，有神秘的个人特色。第一个优点是指隐喻的大量运用，以阐明每首诗的段落，而那些不可预见的相似性的聚合，解释了对各种形象欢腾活跃的联想。这一点，在坎西诺斯－阿森斯的散文以及中世纪的斯堪的纳维亚吟唱诗人的散文里都可见到（莫非，就是出身挪威家族的那个诺拉[1]）。他们把船只称为海马，把鲜血称为剑下之水。第二个优点是每首诗少而精，少得合适、精练，而其最为直接的渊源便是产生于古六弦琴弦边的歌谣；如今，歌谣又从六弦琴祖国那阴暗、清新但令人伤怀的井畔出现。

主题是柔情。这情感的深沉期望把我们的灵魂变成渴望奔放的东西，仿佛在空中飞舞的投枪，一心想伤人。这一创作初衷表明了她对世界的看法，使她把"地平线"写成"长

---

1 博尔赫斯此处一语双关：他把诺拉·兰赫比作易卜生笔下的诺拉（即我国通译成"娜拉"的诺拉。其实，按外文的正确发音，Nora 应译为诺拉，但易卜生笔下的这个人物偏偏被译成"娜拉"，以至将错就错，一直沿用至今，连博尔赫斯这句一语双关的话，也因此失去应有的效果）。

长的呐喊"，把"夜晚"写成"祈祷"，而把"一个个白天的连续"写成"一串慢慢捻动的念珠"。我曾经把我的孤独比喻为漫步和清静，所以我觉得她这些比喻是真实可信的。

诺拉怀着殷切的期望，带着一份远方的慷慨，用脆薄的衰落陶土，制作了这本书。我希望我的一番话能像雪松木篝火那样，对她表示赞扬，能在一个宗教节日里让亲切待人的群山愉快，向人们预报那新月即将显现。

诺拉·兰赫《街头黄昏》，豪·路·博尔赫斯作序，J·萨梅特出版社，一九二五年，布宜诺斯艾利斯

林一安　译

刘易斯·卡罗尔《作品全集》

　　查尔斯·路特维奇·道奇森（但他传之久远的名字还是刘易斯·卡罗尔）在他的《象征逻辑》（一八九二年）一书的第二章中写道：天地万物，各归其类，但其中有一类存在则属于子虚乌有。他举的例子是：有一种重量超过千斤但可由一个小孩轻而易举提起来的东西。如果人间遗憾地并不存在此类事物，那么我们倒可以声称：有关爱丽丝的几本书正好属此。确实，我们怎么理解一本引人入胜程度不亚于《一千零一夜》的作品竟同时充满有悖于逻辑学与形而上学的情节！爱丽丝梦见"红桃"国王，国王也正在梦见爱丽丝，有人还告诉她说：如果国王一旦梦醒，她也将如同一支蜡烛那样熄灭，因为她充其量不过是她梦中的"红桃"国王的一个梦罢了。针对这种没有止境的梦套梦现象，马丁·加德纳倒回忆起一个胖画家画一个瘦画家，那个瘦画家反过来又画胖画家，你画我我画你而无了结的故事。

英国文学与梦，结缘甚早。可敬者比德就提到英格兰的第一位诗人——据我们所知，他的名字该是凯德蒙，他的第一首诗就是在梦里写的。一个集语言、建筑与音乐于一体的三重梦，构成了柯尔律治的《忽必烈汗》中出色的诗段。斯蒂文森有言：他本人曾经梦见杰基尔化身为海德，还梦见《欧拉拉》的主要场景。在以上例子中，梦都是诗篇的创造者，而以梦作题材的事例不胜其数；刘易斯·卡罗尔给我们留下的几本书，则可列入这方面的杰出创作之林。爱丽丝的两个梦，接二连三临近魔境；坦尼尔所作的插图（如今已成为作品密不可分的一部分，尽管卡罗尔对它们不甚满意）则强调了一股暗示的威胁。初看起来，奇境中的经历显得任意而且几乎漫不经心。但是继而就可证实其中隐含着严格的国际象棋与纸牌的游戏规则，这同时也正是想象的历险。我们知道，道奇森原是牛津大学的数学教授，他的作品向我们提供的逻辑学—数学上的悖谬倒并没有影响童话的魅力。在梦的深处，窥伺着的是一份顺从而含笑的伤感；而身处于各个怪物中间的爱丽丝的孤独，所反映的又是未婚女子的孤独——正是它编织了那令人难忘的童话。男子也怀有孤独，他不敢去爱；而除了几个忘年交的女孩子外，他没有更多的朋友，除了当时不为人重视的摄影之外，又别无爱好，当然还有那抽象的思辨以及个人传奇式的神话的构思与创作（它如今已经有幸地为众人所共有）。还有一个领域，那是我不敢涉及而行家又不屑提及的、《枕上提问》所属的领域。该书原是为了消磨失眠之夜或驱除不良思想而编写的。那位可怜的了无建树的白骑士，可能是对另一个想成为堂吉诃德的内地乡绅的有意或无心的画像或写照。

稍稍有点恶毒的天才威廉·福克纳曾经指引现代作家作时间的游戏，我想这只要列举普里斯特利的一些杰出的戏剧作品就足以说明问题。卡罗尔就写到过独角兽向爱丽丝揭示如何向来客端送布丁的操作规范[1]：先分后切。白皇后突然粗声一叫，因为她意识到她将戳伤一个手指，而且在戳破之前

---

1 原文为拉丁文。

先要流血。她还能清楚地"回忆"起下一个星期将要发生的种种事端。信使在受审之前便被投入监狱，而其罪行竟在被判处有罪之后方才犯下的——除了可逆转的时间外，还有固定的时间。至于那疯狂的帽匠，总是在下午五时出现，那正是饮茶时分，一杯杯浓茶喝光了又注满，注满了又喝光。

过去，作家力求把读者的兴趣与热情放在首位；如今，由于文学历史的影响，他们尝试实验性的写作，以期确定其名声持久或者暂驻。两本关于爱丽丝的书正是卡罗尔的首次实验之作，所幸的是没有人视之为实验性而许多人还都觉得它们平易近人；只是他的最后的《锡尔维和布鲁诺》（一八八九～一八九三）才被人中肯地定为实验性的创作。卡罗尔曾经意识到，他的大部分或者全部的著作都先有一个预定的内容概要，各部分的细节则在以后渐次插入。他决定要倒转程序，并揭示将随时间与梦幻而重组程序的客观环境。经过漫长的十年之后，他才确定下这些多元的形式，此一思辨形式还给"混沌"这个词以既清晰而又凝重的含义。他几乎无心在自己的作品中穿插什么供联结之需的线索。用一个故事梗概添枝加叶地充塞于一定数量的篇页之中，这对他来说就像是一副枷锁——他绝不会屈就，因为名利对他来说已无关紧要。

概述了以上奇特的理论之后，再谈谈他对于仙女存在的假定，她们作为活脱脱的生灵而偶尔在梦境之中或不眠之夜显现的条件，以及现实世界与梦幻世界的互相变换。

没有谁——甚至那位不公正地被忘却的弗里茨·毛特纳——像他那样怀疑语言。至于文字游戏，一般地说，纯粹是对于才智的愚蠢的炫耀（如巴尔塔萨·格拉西安笔下的"快步如飞[1]的但丁"，"有教养而不神秘莫测[2]的贡戈拉"）；在卡罗尔的作品中，可以发现一些常用词中包含的双关语义，比如，作为原形动词的"看"字：

> 他以为已经看到一个论据
>
> 证实他就是蒲柏；
>
> 他再看一下，却发现那只是
>
> 杂色肥皂一块。

1　意大利诗人但丁的名字 Alighieri 与 alígero（飞快）谐音。

2　此处"有教养"（culto）和"神秘莫测"（oculto）追求的是歧义的谐音之趣。

"这事真瘆人，"他嗫嚅着，

"它让一切的希望都归于破灭！"[1]

这里玩的是一词多义的文字游戏："看"作为"发现"（一个论据）和作为"瞥见"（一个客观实物）的含义是不同的。

谁要是为孩子写作，就难免会受到稚气的感染，作者与读者会难分彼此。让·德·拉封丹、斯蒂文森和吉卜林的情况就是如此。人们往往忽略：斯蒂文森不仅写过《儿童诗苑》，也写过《巴兰特雷船长》，吉卜林不但写过《原来如此的故事》，还写过本世纪最为复杂而又最富于悲剧性的短篇。至于卡罗尔，我曾经表示，爱丽丝的故事文字平易近人、层次丰富，可以一读再读。

最令人难忘的故事情节，是白骑士的告别场景。骑士也许颇为激动，因为他明知自己只是爱丽丝的梦中人物，如同爱丽丝只是"红桃"国王的梦中人而且即将消失一样。骑士

1　原文为英文。

也就是刘易斯·卡罗尔，他正在跟那些可爱的慰藉他的孤独的梦告别。他自然会回想起米格尔·德·塞万提斯在他与自己的朋友（也是我们的朋友）阿隆索·吉哈诺永别时的伤感之情："此人就这样在身边亲友的哀伤与泪水中灵魂飞升了，我是说，他死了。"

刘易斯·卡罗尔《作品全集》，豪·路·博尔赫斯
作序，一九七六年，布宜诺斯艾利斯

纪棠 译

马 特 雷 罗

有一条奇怪的惯例，那就是每一个由于历史与偶然性切分地盘而形成的国家都有其经典。英格兰选中了莎士比亚，一位在英国作家中英国气息最少的作家；德国呢，也许是为了抵消它固有的缺点而选择了歌德，他不大重视他那值得珍惜的工具——德语；意大利则无可争议地选中了巴尔塔萨·格拉西安所称的"快步如飞"的但丁；葡萄牙选择了卡蒙斯，神奇的西班牙尽管眷顾文雅而恣肆的克维多和洛佩，却选出了世俗而智巧的塞万提斯；挪威选中了易卜生；瑞典么，我以为，它会认定斯特林堡；在传统深厚的法兰西，伏尔泰和龙萨都是经典，而雨果也不比《罗兰之歌》的作者逊色；在美国，惠特曼不能取代梅尔维尔或爱默生。至于我们，我以为最好还是从本世纪中选出《法昆多》，而不是《马丁·菲耶罗》。

　　萨缅托对于高乔人做过一些著名的分类，诸如草原导牧人、捕捞手、游吟歌手，还有些不良分子——阿斯卡苏比名之为居心叵测之徒。在《桑托斯·维加或拉弗洛尔的孪生子》（巴黎，一八七二年）的序言中，阿斯卡苏比写道："那是一部无恶不作的不逞之徒的历史，它曾经给司法机制带来很多麻烦。"在介绍埃尔南德斯的作品的文集中——以卢贡内斯的《游吟歌手》（一九一六年）开篇，继而由罗哈斯的作品加以充实——，我们可以发现对于马特雷罗和高乔人的概念上存在较大的混乱。如果马特雷罗只是一种常规的人物，那么谁也不会在十年之后，还记起那些为数不多的人的绰号或诨名，如"莫雷拉"、"黑蚂蚁"、"百灵"、"肯克河之虎"；有人还一直把《马丁·菲耶罗》视作我们的极其复杂的历史的密码。我们在某些字里行间可以看到并能接受：所有的高乔人都曾经是士兵，我们也怀着类似的怪癖或驯服之心表示同意：所有的高乔人，作为高乔史诗的主人公，都曾经是逃兵、流亡者、马特雷罗而最终成为遁入蛮荒的粗野的人。在当年的情况之下，是谈不到荒原的征服的；倒是平森或者科利克奥的长矛在摧毁着我们的城市。除此之外，何塞·埃尔南德斯当年还找不到排字工人，而我们也找不到雕塑家为高乔人塑造纪念碑。

在布宜诺斯艾利斯，在有关痞子和刀客的概念上，也存有类似的混乱。痞子是指中原或沿海的下层平民、搬运工人、牧民头领或工头——他们不一定就是刀客。但他们鄙视窃贼和靠女人养活的男子。巴托洛梅·伊达尔戈笔下久经风雨的高乔人，"拉普拉塔河岸的高乔人，他们一边吟唱，一边战斗"。伊拉里奥·阿斯卡苏比对他们备加赞扬，而诙谐的叙事人从而再创造了浮士德博士的形象；这些人物形象在真实性上并不亚于古铁雷斯美化过的叛逆者。堂塞贡多，作为熟练的导牧高手，则是一个安分守己的人。

文学的想象力选中的是马特雷罗而不是那些为警察侦缉队效力的高乔人，这倒是理所当然而且似乎是不可避免的。我们往往对那些叛逆者，对那些与国家相对立甚至于行为粗野或者犯法的个人所吸引。格鲁萨克就曾经从许多方面与时代角度提到过这种吸引力。英格兰缅怀她的罗宾汉与觉醒者赫里沃德[1]，冰岛则不忘它的格雷蒂尔[2]。值得一提的还有亚利桑那州的"比利小子"——他虽然在二十二岁那年一枪结束了生命，但欠下的司法债竟是二十二条性命。我们还没有提到墨西哥，没有提到马卡里奥·罗梅罗——一首歌谣曾经诙谐地唱到过他：

> 马卡里奥多威武，
>
> 胯下枣红马，
>
> 手中又持枪，
>
> 一人打斗三十五！

世界史是各国的后代人的回忆；而回忆，据我们所知，并不排除臆造与误差，故而可能是创作的一种形式。遭受追捕的骑手巧妙地躲藏于坦荡的潘帕斯大草原或者乱如迷宫的

---

1 Hereward the Wake(1035—1072)，英国中世纪绿林好汉，盎格鲁-撒克逊领主，领导英格兰人抵抗诺曼人的入侵。英国作家查尔斯·金斯利1866年创作过描写赫里沃德的同名小说。

2 冰岛《格雷蒂尔萨迦》中的人物，反抗挪威王的统治，又称强者格雷蒂尔。

山林或险峰——这是一个顽强而动人的形象，并得到我们的一定程度的认可。高乔人也是如此，他们一般都是定居者，不得已才无视法律而疲于奔命；他们跋涉千里，还要渡过湍急的巴拉那河或者乌拉圭河。

人们在历史的进程中，逐渐从单一的个人而形成许多人物原型，对于阿根廷人来说，马特雷罗就是其中之一。奥约和莫雷拉可能率领过众多的逃亡者的队伍，也可能摆弄过火枪长铳，但是我们宁可想象他们都是孤身一人，身披篷丘，手持长刀，单独作战。马特雷罗所具备的无疑是极其可贵的品格，是往昔的时代属性。为此，我们可以不带顾虑地崇尚与赞美。马特雷罗式的行为还可以是一个人的生活中的一段插曲。钢刀、醇酒、周末，再加上那一份几乎像女人一样的怕遭人侮辱的猜疑心理，不知道为什么竟被名为男子气概，并导致你死我活的搏斗。在《浮士德》中可以读到：

当你受到侮辱，

不必瞻前顾后，

抽刀咔嚓又咔嚓，

出手就是两下。

要是当局纠察队
把你释放，
你就跨上红马
迎风赶路。

谁也不会见你不幸
而冷眼相加；
不管你到哪个牧场，
都有盛情款待。

如果你是勤劳汉
那就干活挣面包，
为此还得身不离枪
手不离套索。

光阴虽荏苒，报偿会有时，

你离开的时日越久，

将越受人欢迎，

更受人喜爱。[1]

耐人寻味的是，不幸的竟是屠手，而不是牺牲者。

这本选集既不是对马特雷罗的赞扬，也不是对监察机构
的谴责。撰写此书是出于兴之所至，但愿翻阅此书者也能共
享这一份恰悦之趣。

《马特雷罗》，博尔赫斯编选并作序，埃迪科姆出版
社，一九七〇年，布宜诺斯艾利斯

纪棠　译

1　然而，文学大师最出色的诗篇抒写的倒是高乔人的不幸，而不是他们的欢乐
　　时光：
　　　　令人悲伤的是
　　　　丢掉活计
　　　　而远走异地他乡。
　　　　心灵充满痛楚，
　　　　而严峻的生活又把我们
　　　　这些草原的居民驱向沙漠。　　　　　　　　　　——原注

赫尔曼·梅尔维尔《巴特贝》*

一八五一年冬，梅尔维尔出版了《白鲸》，一本确立他的光荣地位的小说。故事随着书页的翻动而延伸，直至充斥天地。起初，读者只领会到小说的主题是捕鲸人的艰苦生涯，但是随后便转向船长埃哈伯追捕白鲸的丧心病狂，最后则是白鲸和埃哈伯的恩怨，直搅得各大洋不得安宁，遂成为宇宙的象征与镜子。为了暗示这是一本象征小说，梅尔维尔却故意对此加以否认，并强调指出："谁也不要把《白鲸》视作荒诞故事，或者更糟糕，看做不堪忍受的、骇人听闻的寓言。"（《白鲸》，第四十五章）。"寓言"这个词的通常涵义似乎迷惑过评论家，以致他们对这类作品只限于作道德上的诠释。于是乎，爱·摩·福斯特写道（《小说面面观》，第七章）："简要而具体地说，《白鲸》的主题思想大致上就是如此：向着恶展开的一场战斗——只不过它铺陈得太长，或者说通过错误的方式。"

这点我同意，但是用鲸鱼这一象征来暗示宇宙的险恶，就失之于勉强，倒不如说是在象征它的广袤、非人、兽性或者令人费解的愚蠢。切斯特顿在他的某些小说中，把无神论者的天地比作一座没有中心的迷宫。这正是《白鲸》的天地：一个宇宙（一派混沌），它不仅明显是恶毒的——如同诺斯替教派人士凭直觉感知的那样，而且还是非理性的——如同卢克莱修[1]六音节诗歌中所表现的那样。

《白鲸》是用一种浪漫的英语方言写成的——那是一支热情的、变换的又组合莎士比亚、托马斯·德·昆西、托马斯·布朗和卡莱尔的创作技艺的方言；《巴特贝》使用的则是一种平静的甚至诙谐的语言，它那着意表现残酷题材的笔调，依稀是弗兰茨·卡夫卡的先声。然而，在这两部虚构的作品

---

* 即《代笔者巴特贝》，梅尔维尔写于 1853 年的短篇小说。

1 Lucretius（前 99—前 55），拉丁诗人、哲学家。著有长诗《物性论》，证明灵魂是物质的，由极细微的原子构成，与躯体同生共死。

中，存在一股潜在的亲缘。在第一部作品中，埃哈伯的偏执搅乱并最终毁灭了船上所有人；而第二部作品中的巴特贝，则以其单纯的虚无主义感染了所有的伙伴，甚至那位讲述这个故事与负责这一想象任务的淡漠绅士。梅尔维尔似乎还写道："只要有一个人失却理性，那么其他所有人以至于整个世界亦将如此。"世界历史中不乏对这一忧虑的印证。

《巴特贝》原先收入《皮亚萨故事集》（纽约与伦敦，一八五六年）中。关于同集的另一篇小说，约翰·弗里曼认为当时很难让人完全理解，直至将近半个世纪之后，约瑟夫·康拉德出版了同一类型的作品。就我个人观察，卡夫卡的作品似乎在《巴特贝》上面投射了一股奇异的回照。《巴特贝》所确定的类型在一九一九年左右由卡夫卡加以再创造与深化：那是行为与感情的幻想作品，或者如同当今被人不恰当地称作为心理故事的类型。不过，《巴特贝》开头的篇页倒没有让人预感到卡夫卡，而是更像在暗示或模仿狄更斯……一八四九年，梅尔维尔发表了《马迪》，一本内容复杂、文字晦涩的小说，但它的基本情节已经预示了《城堡》、《审判》和《美国》的执念和格局，那就是在浩瀚无际的大海上展开的无穷无尽的追杀。

我曾经提到过梅尔维尔与其他某些作家的相似处，但我并不是把他们归于一类；我只是依据诸多描写与诠释的规律中的一条来考虑，那就是用未知的去提示已知的。梅尔维尔的伟大是毋庸置疑的，可他的荣耀才刚刚到来。梅尔维尔死于一八九一年，而在他谢世后二十年出版的第十一版《不列颠百科全书》上竟把他简单地称为描绘海上生活的新闻体作家。安德鲁·兰与乔治·圣茨伯里甚至在一九一二年与一九一四年在自己编撰的英语文学史里忽略了他。只在后来，才由阿拉伯的劳伦斯、戴·赫·劳伦斯、瓦尔多·弗兰克[1]和刘易斯·芒福德[2]为之辩护。雷蒙德·韦弗于一九二一年首次出版了他的《美洲文学专论》，集中收有《梅尔维尔，水手与神秘主义者》以及约翰·弗里曼写于一九二六年的评传文章《赫尔曼·梅尔维尔》。

芸芸众生，显赫城市，甚嚣尘上的广告宣传，都不谋而

1　Waldo Frank（1889—1967），美国小说家、批评家，著有《不速之客》等。
2　Lewis Mumford（1895—1990），美国建筑规划理论家、社会学家和文学批评家，著作有《乌托邦的故乡》、《历史名城》等。

合地把这位伟大而神秘的人物推进美洲诸传统之林：这里有埃德加·爱伦·坡，也有梅尔维尔。

赫尔曼·梅尔维尔《巴特贝》，豪·路·博尔赫斯翻译并作序，埃梅塞出版社，一九四四年，布宜诺斯艾利斯

一九七一年附记

瓦莱里－拉尔博曾把拉丁美洲文学的贫瘠与美国文学的丰富作过一番对比，而人们往往把这种差别归于地域与人口上的原因。不过，我们不能忽视，美国的大作家崛起于有限的地域：新英格兰——他们是我们真正的邻居，然而他们创造了一切，甚至第一次革命和"西进运动"。

纪棠　译

弗朗西斯科·德·克维多
《叙事文与诗歌》

　　文学史与别的历史一样，谜团重重。这些谜团，没有一个像克维多遭遇的奇特不公的命运那样，一直困扰着并且还在困扰我。在世界级人物的名单上，没有他的名字。我竭力试图探究这一荒唐缺漏的原因。有一次，在一个被遗忘了的会议上，根据他文辞严厉、既不会促使也不会容忍最细微的伤感情怀这一条，我以为找到了原因（乔治·穆尔[1]就曾发现，"多愁善感，就会成功。"）。我一直认为，一位作家不必为追求荣耀显示多愁善感，而他的作品，或者说他生平的某种处境，倒必须引人悲恸。我曾经思考过，无论克维多的生平还是他的写作技巧，都没有关注这种软绵的夸张，而一再重复这种夸张，就能铸造荣耀……

我不知道，这样解释是否正确；现在，我谨作如此补充：克维多很可能并不比任何人逊色；但是，他没有找到掌控人们想象力的象征。荷马有亲吻阿喀琉斯杀人双手的普里阿摩斯[2]，索福克勒斯有一位破译谜团而天数又破译了他自己命途凶险的国王，卢克莱修有星座的无际深渊和原子之间的不和谐，但丁有地狱的九层和玫瑰，莎士比亚有他暴力和音乐的世界，塞万提斯有桑丘和吉诃德幸运的变幻，斯威夫特有慧马和怪物"yahoo"的国度，梅尔维尔有白鲸的恨与爱，弗朗茨·卡夫卡有他不断增长的、污秽的迷宫。没有哪位享有世界声誉的作家，没有铸造过一种象征；应该记住，这种象征并不总是客观的、外露的。譬如，贡戈拉或者马拉美，依然作为辛勤打造一部秘密作品的作家典范而永存；而惠特曼则作为《草叶集》的半神主角而不朽。相反，克维多却只保留了一个漫画的形象。"西班牙最高贵的文体家变成了滑稽人的样板。"莱昂波尔多·卢贡内斯指出（《耶稣会帝国》，一九〇四年，第五十九页）。

1　George Moore（1852—1933），爱尔兰小说家。著有小说《埃斯特·沃特斯》和自传《一个青年的自白》等。
2　希腊神话中特洛伊最后一位国王。

兰姆说埃德蒙·斯宾塞是诗人的诗人[1]。至于克维多，恐怕只能说，他是文人的文人了。欣赏克维多的，必须（实际上或者能力上）是位文学家；反过来，有文学才能的人中也有不欣赏克维多的。

克维多的伟大在于语言。把他判断为哲学家、神学家或者（像奥雷利亚诺·费尔南德斯－格拉所希望的那样）政治家，是他的作品的标题而并非内容可能会造成的一种错误。他的专著《否认者遭罪而忏悔者得益的天意：研究小人和对约伯的迫害的理论》就宁可恫吓，也不愿讲理。正如西塞罗试图通过在天体中观察到的星空证实天庭乃"浩瀚之亮光共和国"一样（《论神性》第二卷，第四十至四十四页），在观察完宇宙论的这一星空变化之后，他又说："彻底否定上帝存在的人为数很少，我要把这少数人公开示众，他们是：米利都人迪奥戈拉斯[2]、德谟克利特[3]的门徒阿夫季拉人普罗塔哥拉[4]、泰奥多勒斯（人称无

1　原文为英文。

2　Diagoras（约前465—约前410），希腊米利都人，诡辩家、诗人、无神论者。

3　Democritus（前460—前370），希腊哲学家，宇宙原子论学者。

4　Protagoras（前485—前410），希腊思想家、诡辩家。其著作《论诸神》对信神一事表示了不可知论的态度。

神论者）[1]，还有下流而愚蠢的泰奥多勒斯的弟子彼翁[2]。"这么说，真是太可怕了。在哲学史上，有的理念可能是虚假的，对于人们的想象施加了一种隐晦的魅力：柏拉图和毕达哥拉斯关于灵魂依附众多肉体的理念，诺斯替教派认为世界是一个抱有敌意或尚呈雏形的上帝所创造的理念。克维多是现实的学者，他这方面不肯轻信。他写道，灵魂的转世是"兽性的蠢话"和"粗野的疯狂"。恩培多克勒[3]说："我曾经是一个孩子，一个姑娘，一棵植物，一只鸟和一条从海里跳出的沉默的鱼。"克维多指出（《天意》）："恩培多克勒这么一个没有头脑的人，居然滥用法官和立法人的身份来表白自己，硬说他曾经是条鱼，移居到了不相容和对立的大自然，死时是埃特纳火山[4]的一只蝴蝶；而面对着曾经是他家乡的大海，他匆匆投入了火海。"对于诺斯替教派，克维多骂他们无耻，可恶，是疯子和胡说八道的发明者（《冥王的猪圈》）。

1　Theodorus the Atheist（前340—前250），昔兰尼派哲学家。
2　Bion of Borysthenes（前325—前250），希腊哲学家。
3　Empedocles（前490—前430），希腊哲学家、诗人、政治家，坚信灵魂转生之说。
4　位于意大利西西里岛东北的活火山。

根据奥雷利亚诺·费尔南德斯-格拉的意见，他的《上帝的政策与我主基督的统治》应该被认为是"一种完整的统治体系，最正确，最高贵，最合适"。要评价这一见解，我们只要回想一下此书四十七章只知道一个奇怪的假设：基督（据说就是有名的犹太人的国王[1]）的行动和讲话是秘密的象征，政治家必须在其光辉下解决问题。克维多忠于这一推理，从撒马利亚人的故事中，推断国王要求的贡品必须轻微；从面包和鱼的故事中，推断国王应该弥补需要；从一再重复"跟随"[2]一语，推断"国王带领大臣于身后，而不是大臣带领国王于身后"……令人惊奇之处在方法之任意及结论之平庸之间徘徊。然而，克维多凭借语言的端庄，挽救了一切，或者说几乎一切[3]。心不在焉的读者可以自认为受到这一作品的教

1　原文为拉丁文。

2　见《圣经·新约·马可福音》第 11 章第 9 节："前行后随的人，都喊着说，和散那，奉主名来的，是应当称颂的。"

3　雷耶斯指出（《西班牙文学篇章》，1939，第 133 页）："克维多的政治作品并不对政治价值作出新的阐释，而且，也仅有一种修辞价值……它们要么是应时小册子，要么就是学院式说教的作品。《上帝的政策》尽管看上去雄心勃勃，也只不过是反抗邪恶大臣的一纸控诉罢了。但是，在这些篇幅里，可以看到克维多某些最独特的笔法。"——原注。

诲。类似的矛盾在《马尔库斯·布鲁图》中可见端倪，尽管其语句令人难忘，但其中的思想并不如此。在这部专著里，克维多运用的最让人印象深刻的风格已臻完美。在他那如碑文般简练的篇章里，西班牙文仿佛回归到塞内加、塔西陀和卢坎那艰涩的拉丁文，回归到白银时期那折磨人和生硬的拉丁文。明显的简练、倒置法、几乎是代数学般的严谨、词汇之间的对立、枯燥乏味、用字的重复，使这部作品反而有了一种虚假的准确。许多句子段落堪称或者要求见解完美。譬如，我抄录的这一段："它们用几片月桂树叶为一个额头增添了荣誉，用一枚徽记让一个世家满意，用一场胜利的欢呼声偿付了伟大而无上的荣光，用一尊雕像奖励几乎神圣的生命；为了不让枝条、草叶、大理石和人声失却宝物的特性，不许它们提出要求，只许树立功绩。"克维多还常常游刃有余地运用别的文体：《骗子外传》表面看来口语化的文体，《众人的钟点》肆无忌惮和纵情狂欢的（但并不缺乏逻辑的）文体。

"语言，"切斯特顿指出（《乔·弗·瓦茨》，一九〇四年，第九十一页），"并非一种科学，而是艺术。是战士和猎手创造的，比科学要早得多。"克维多从不这样认为，对于他来说，语言基本上是一种逻辑工具。诗歌的平庸或者永恒（如同玻璃的水面，如同白雪的手，仿佛星星一般闪光的眼睛，仿佛眼睛一般凝视的星星）与其说因其容易不如说因其虚假而让他感到别扭。在指责的时候，他忘了隐喻正是两种形象的短暂接触，而并非两件事物的有步骤的同化……他也厌恶惯用习语。抱着"将其公开示众"的目的，他策划出一部名为《故事的故事》的诗章。有多少年代的人，都入了迷，宁愿在这种归谬法里看到一座精品博物馆，它奇妙的使命是拯救"喧嚣、一股脑儿地、匆忙地、把那些麦秸给我拿走、胡乱地"等短语免于遗忘。

克维多曾经不止一次被拿来与卢奇安相比较。有一个根本的差异：卢奇安在二世纪与奥林匹斯山神祇战斗的时候，创作了宗教论战的作品；克维多在十七世纪重启这场论战的时候，仅限于观察一种文学传统。

在简略考察了他的叙事文之后，我现在来讨论他数量同样繁多的诗歌。

克维多的情爱诗歌，如果看做是一种激情的文献，并不令人满意；如果看做是夸张的游戏，看做是彼特拉克风格的刻意练习，倒往往令人敬重。克维多是一个欲望强烈的人，从未停止崇尚斯多葛派禁欲主义，他也一定认为依赖女人是不明智的（"那人很老练，他享用她们的抚爱，可对之并不信赖"）；这些动机足以解释在他的《帕尔纳斯》里"高唱爱与美的颂歌"的那第四位缪斯故意的不自然。克维多的口吻表现在其他的作品里，他的忧郁，他的勇气或者他的醒悟得以在其中体现。例如，在他从他的托雷德华纳瓦德寄给何塞·冈萨雷斯·德·萨拉斯的这首十四行诗《缪斯Ⅱ》，第一百〇九页里：

> 隐退在这一片片沙漠的宁静里，
> 与很少但是渊博的书籍在一起，
> 我活着，与亡者对话，
> 用眼睛，我倾听死者的声音。

> 他们不总是听得明白，但总是清醒，
> 他们要么修正，要么协助我的事情，
> 在沉默的复调音乐家中间，
> 清醒地谈论生活的梦境。

死神逼迫离开的伟大灵魂，

为了报复多年来的辱骂，

哦，伟大的堂约瑟，博学的印刷术分娩了。

时刻不可变更地逃逸了，

不过最好的揣测才算数，

课程学习会让我们大为改善。

上述作品不乏警句之特征（用眼睛，我倾听死者的声音；清醒地谈论生活的梦境），然而十四行诗是因无视这些特征，而并非由于这些特征而有效的。我不是要说这是在记录现实，因为现实不是言辞可以表述的，但是他的语句比起它们所描绘的场景，或者比起似乎用来体现它们的男子气概的口吻来，没有那么重要。并不总是这样。《死于监禁的奥苏纳公爵堂佩德罗·希龙之不朽回忆》这部诗集中最出类拔萃的十四行诗中，诗的对句

您的坟茔是佛兰德的旷野，

您的墓志铭是血淋淋的新月。

就极为出色有效，远早于一切阐释，而对之并无任何依赖。对下面一个短语，我也持同样的看法：军伍哭声，它的含义并不令人费解，不过倒是微不足道的，即军人的哭声。至于血淋淋的新月，最好还是忽视那是土耳其人的象征，堂佩德罗·特列斯·希龙与海盗的对战令其相形见绌。

克维多的出发点有不少是经典篇章。那难以忘怀的一行诗句（《缪斯IV》，第三十一章）就是这样：

他们将成为尘土，但却是被人爱的尘土

这是一种再创造，或者说提升，来自普洛佩提乌斯[1]的一行诗（《哀歌》第一卷第十九章）：

被爱情遗忘了，我的灰烬变得空虚[2]。

克维多诗歌作品的范围很大。有沉思的十四行诗，某

---

1 Propetius（约前50—前15），罗马哀歌诗人。著有《哀歌》四卷。
2 原文为拉丁文。

种程度上，预告了华兹华斯；表现了晦涩、断裂的严酷[1]，神学家生硬的幻术（"我与十二个人共进了晚餐：我就是那晚餐"），为了证明他也能玩这种游戏，穿插了贡戈拉的写作风格[2]；有意大利的礼貌与温柔（"翠绿而响亮的谦卑的孤寂"）；

---

1 门槛和大门颤动了起来，
　那里，黑暗的庄严，
　那冰冷、不悦、死了的阴影，
　在无望又严酷的律条下挤压；
　那三条喉咙在狗吠声中张开了，
　看到神圣而纯洁的新的光芒，
　刻耳柏洛斯就哑了，突然
　黑压压的人群连连叹声。

　地面在脚下叹息，
　荒凉苍白的灰烬群山，
　不配看到苍穹的眼睛，
　平原在我们的黄色中失明。
　恐惧和悲伤渐渐增添，
　叫哑了的狗，在虚幻的王国
　扰乱了宁静与听觉，
　混淆了叹息和狗吠。
　　　　　　　　　　（《缪斯 IX》）　　　　　　——原注

2 一个动物为了干活而出生，
　对死人来说是嫉妒的象征，
　它是朱庇特的伪装，是衣服，
　一时间，它把王室的手弄得粗糙，
　在它后面，执政官呜咽呻吟，
　光亮在天国的旷野里埋怨。
　　　　　　　　　　（《缪斯 II》）　　　　　　——原注

佩尔西乌斯[1]、塞内加、尤维纳利斯[2]、《圣经》、贝莱[3]的变体；拉丁文的简练；低俗的玩笑[4]；奇特巧妙的嘲讽[5]；毁灭和混乱的阴暗排场。

克维多的优秀作品超越了孕育它们的情感和形成其作品的一般构思。这些作品并不晦涩，运用谜团规避了扰乱和分散注意力的错误，与马拉美、叶芝和乔治时代的诗歌[6]不同。（以某种方式来说）就仿佛一柄宝剑或者一枚戒指，是言辞的、纯粹的、独立的东西。举例来说：

---

1 Persius（34—62），罗马斯多葛派诗人。

2 Juvenal（约60—127），罗马讽刺诗人。

3 Joachim du Bellay（1522—1560），法国诗人。

4 门德斯尖叫着来到了，
　冒着油的虚汗，
　从肩膀上流到
　爬满风虱的秋千架上。

　　　　　　　　　　（《缪斯V》）　　　　　　　——原注

5 阿格斯托·法比奥歌唱
　对着阿明塔的阳台和栏杆，
　虽说她已然把他忘却，
　人们还告诉他说她记不起来。

　　　　　　　　　　（《缪斯VI》）　　　　　　——原注

6 指英王乔治五世（1865—1936）时期的诗歌。

"长袍"吞饱了推罗的毒药，

或者说，已经在苍白、坚硬的黄金里面，

用东方的瑰宝铺盖，

哦，利卡斯，可你的苦难并没有停歇！

你蒙受了一种巨大的神魂颠倒，

当如此罪孽的幸福来临

你表面辉煌的阴暗恐惧将你欺骗，

玫瑰色朝霞般的毒蛇，百合花般的长虫。

你想用宫殿与朱庇特比个高下，

可黄金埃斯特雷利亚斯以它的方式撒了谎，

以为你还活着，却不知你已然死去。

你在这么多的荣耀里面，一切的主宰啊，

对善于观察你的人来说，你仅仅是

卑鄙的东西，恶心的、不光彩的人。

克维多的肉体已经消失了三百年，但是，他依然是西班牙语文学的第一位创作家。如同乔伊斯，如同歌德，如同莎士比亚，如同任何一位别的作家，弗朗西斯科·德·克维多绝对是广博繁复文学领域里的一位人物。

弗朗西斯科·德·克维多《叙事文与诗歌》。豪·路·博尔赫斯与阿道弗·比奥伊·卡萨雷斯选编并加注。豪·路·博尔赫斯作序。布宜诺斯艾利斯，埃梅塞出版社，《埃梅塞经典丛书》，一九四八年

一九七四年附记

克维多开启了西班牙文学具有丰富因素的走向。之后，讽刺文学，格拉西安就会来到。

林一安　译

阿蒂略·罗西《中国水墨画中的
布宜诺斯艾利斯》

　　用这样细致而敏感的形象对我们亲爱的城市的描述，竟
出自一位意大利观赏者的手笔——但对此我们不应感到惊奇。
在建筑上，布宜诺斯艾利斯是倾向于摆脱西班牙风格——如
同它已经在政治上摆脱西班牙一样。异于父辈恐怕是儿辈注
定的宿命。有人曾经否认或纠正此一大势所趋，而顽强地试图
营建殖民时期的触目的建筑——例如样式古怪的形同中国城墙
的阿尔西纳新桥，而这类建筑与周围的房屋显得格格不入而
形同怪物。且不说它是否合理，布宜诺斯艾利斯曾经淡化西
班牙风格而倾向于意大利风格。意大利与西班牙的建筑形式，
包括它们的栏杆、屋顶平台、廊柱、拱门都风格各异。早年

的乡间别墅建筑的门口的大花盆就是意大利式的砖石装饰。

有过这么一种对于城市景色似是而非的概念，不知道谁又将这种概念引进造型艺术的领域。在文学上，据我回忆，除了某些讽刺作品（斯威夫特的《早晨的描述》与《城市遇雨记》）之外，这一类尝试之作没有早于狄更斯……这本书说明了罗西对此一文体得心应手的掌握，而其中的各种形象，我看是反映南部城区风光的最为出色的描绘，而这绝非得之于偶然；这也不止是某一个特定区域的风貌，诸如哥伦布大道，巴西大街、胜利大街、恩特雷里奥斯大街等。南城区是布宜诺斯艾利斯的卓尔不群的精华，是布宜诺斯艾利斯所具的普世形式或柏拉图的理想形式的体现。那庭院、那屏风式的大门、那门厅，曾经都是（而且还都是）布宜诺斯艾利斯式的。城市的中心区、西区和北区，则显得忧郁，而每次见到它们时总要想起南部城区。不知道在这里插入一段小小的自忏之词是否合适：三十年前为了向我们的巴勒莫住宅区致意，我举办了一次惠特曼诗歌音乐会，吟唱那浓绿的无花果树、待垦的土地、低矮的平房、玫瑰色的街角；我还撰写了卡列戈的传记，并结识了一位曾经在当地拥有过权势的人物；我还怀着敬意聆听人们讲述起智利人苏亚雷斯、胡安·穆拉尼亚以及那些猛不可挡的刀客的事迹。入夜，一家灯火通明的商场、一名男子的面庞、一支乐曲，给我带来的正是我一度在诗行中搜索的情趣。这些回归，这些肯定，如今都在城南得以呈现。我曾想望为巴勒莫歌唱，却早已歌颂了南城，因为不无腼腆与真情地说，没有一块布宜诺斯艾利斯的土地，在特定而永恒的外观上[1]不属于城南。城西不啻是一部杂色狂想曲，它融合了城南与城北的各种形态。城北则是我们的欧洲怀乡病的残缺的象征。（在美洲的我们这一边的另一些城市的城南情况也是如此，诸如在蒙得维的亚、拉普拉塔、罗萨里奥、圣地亚哥－德尔埃斯特罗、多洛雷斯等。）建筑是一门语言，是一种伦理，是一股具有活力的风格。在城南——而不只是在瓦顶的房屋中或者屋顶平台上——我们就会感到自己是无可否认的阿根廷人。

也许有人会反驳，说我重视的风格是注定要趋于灭亡的，

---

1 原文为拉丁文。

因为新的结构对此已不在意，而旧的结构又不能经久不衰。不用多久我们就再也见不到棋盘格子式的庭院和屏风式的大门。我的确对此无言以对，但我知道，布宜诺斯艾利斯有朝一日会找到它的另一风格，而这些未来的新风格与新形式已在本书的动人的篇页中超前存在（只是在我的眼中是秘而不宣、闪烁不定，而对于未来的人们则显而易见）。

　　阿蒂略·罗西《中国水墨画中的布宜诺斯艾利斯》，豪·路·博尔赫斯作序，洛萨达出版社，一九五一年，布宜诺斯艾利斯

一九四七年附记

　　我过去提及的斯威夫特的游记，其真正的作者应是尤维纳利斯。

纪棠　译

多明戈·福斯蒂诺·萨缅托
《外省忆事》

　　文学的分析艺术是如此不可捉摸而又显得根底欠深。那一门古人称之为修辞而今人（我相信）称之为文体学的学科，在经过二十个世纪的恣意的试验之后，几乎已不再能审评提交给它的文字了。当然，这里有各种不同的困难情况。有些作家——切斯特顿、马拉美、克维多、维吉尔，也并不是无可评议，对于他们的任何一种行文程式与成功之作，也都能作出修辞上的分析——即使是局部的也罢。而另一些作家——乔伊斯、惠特曼、莎士比亚——则属于"耐火区"，他们经受得了任何试验。还有一些作家，尽管更显神秘，却不是无可非议的，他们的任何一行语句，都不是无懈可击的；

任何一个文人都能指出一些缺点，这些评断合乎逻辑，而原作似乎并非如此。此一文字考核工作还会带来始料不及的效应。我们的萨缅托就是属于这一类难以用纯理性加以诠释的作家。当然，以上所述并不意味着萨缅托的个性独具的艺术的文学性逊于其他作家或者语言不那么纯正；它的含义是，如我在文章开头所暗示的那样，他的文字艺术过于复杂——或者也许过于简单，而难以分析。萨缅托的文学品格，因其实效性而得到确认。好奇的读者可以取他的《外省忆事》或其他任何一本自传体作品中的片段跟卢贡内斯的精心之作中有关与相应的文字作一番比较。逐行地看，卢贡内斯的文字要胜人一筹，但就总体而观，萨缅托的文字则要缱绻动人得多。谁都可以改动他的文字，但谁也达不到他的高度。

《外省忆事》还是一本丰富多彩的书。在大喜悦的"混沌"之中，可以欣赏到许多精品之页，其中有一篇虽不算最为著名但却是最令人难忘的文章，那就是关于堂费尔明·马列亚和店员的记事——由此可以不作任何实质性的补充而衍生出一篇心理小说。此外，也不乏精到的讽刺之笔，如谈到有人把罗萨斯称为沙漠英雄时，便说"那是因为他善于灭绝祖国的人口"（第一百六十九页）。

　　岁月的流逝也带来书籍的变化。一九四三年末我再次阅读或研究的《外省忆事》，显然已不再是二十年前浏览的那本书了。当年的平淡人世，似乎不可逆转地是要远离任何暴力；里卡多·吉拉尔德斯曾经不胜感慨地缅怀（而且还要史诗式地盛赞）那往日的导牧骑手生活的艰辛；那些想象如何在宏伟而好战的芝加哥城内用机枪扫射烈酒走私犯的文字，又令人拍案称快；我早年就是怀着虚荣的执著与对文学的热忱而关注着这些漫游于堤岸上的刀客的最后印迹。我们觉得那时的世界竟是如此温良，如此"无可弥补"的和平，尽管我们会拿一些骇人听闻的轶事逗乐，还会对"狼的年代与剑的年代"（《埃达·马约尔》，第一章第三十七页）表示惋惜，因为那该是另外几代人快乐的时光。因此，《外省忆事》是一部记录往日无可挽回的从而也是快乐的时光的经典之作，因为谁不再去梦想往昔峥嵘岁月向我们回归，向我们逆转。我记得在这些篇页中或者在《法昆多》类似题材的行文里，总会觉得那些抨击头号地方强权人物阿蒂加斯以及稍后的罗萨斯的文章显得徒劳无益而且过于浅陋。萨缅托所描写的险恶的实际，当时看来还显得远莫能及而又不可思议；而如今却正是当前的现实。（来自欧洲与亚洲的电讯也都证明了我的判断。）唯一的区别就是：野蛮的行为，过去是本能的、非蓄谋的，而如今则是有意识的、实施性的，而且使用比起基罗加骑队的投枪或者暴君政权的刀口破损的尖刀更为强制的手段。

我曾经谈论到残暴。这本书就表明了残暴还不是当时的黑暗时代最大的罪恶。最大的罪恶是愚昧，是有领导的有意张扬的野蛮行为、培养仇恨的教育法、利用非理性的口号（活的和死的）去施行的统治。如同卢贡内斯所说，"这正是不能宽恕罗萨斯之处：把一个一百年来有过我们已看到进步的国家，在二十年间搞得极端贫困"。（《萨缅托史传》，第四章）

《外省忆事》首次出版于智利的圣地亚哥，时间是一八五〇年。萨缅托叙述了三十九年以来的往事，他写到了自己的生活，写了对他本人的命运以至国家命运都有过重大影响的一些人的生活，也写了过去不久的教训沉痛的事件。当前事物的形象却往往显得模糊不清——还要在多年之后才能窥出它们的总体轮廓、它们的根本的神秘的统一性。萨缅托拥有历史地审视现实和历史地概括与直观现实的博大精神。当前的传记作品很多，数以千百计的传记体书籍已经压得印刷业疲惫不堪，但是有几本东西能像萨缅托那样反映与描述我们的周围事态的呢？萨缅托是在全美洲命运的前提下观察个人命运的；他一度明确指出："在我的如此贫困、矛盾而同时又执著于某种难以言状的崇高愿望的生活里，我依稀看到我们这个可怜的南美洲，尽管竭尽全力要冲破铁笼展翅腾飞，却一直挣扎于赤贫之中。"但他的全局的观点，并没有封闭他对个人的视点。我们宿命般地倾向于只在过去的岁月里看到一系列僵硬的雕像。萨缅托令我们发现了不少如今已变成铜像或者大理石雕像的人物："那一代阿根廷青年，在战争时期以内科切亚[1]、拉瓦列、苏亚雷斯、普林格莱斯[2]等光辉人物为代表的一代青年，他们在战斗中身先士卒，在追求女性上也不示弱，又绝不是那些在决斗、狂欢与娱乐活动中自甘落后之

1　Mariano Necochea（1790—1849），阿根廷将领，在查卡布科、马伊普与胡宁等战役中屡立战功。

2　Juan Pascual Pringles（1795—1831），阿根廷将领。

辈。"富内斯，"当他闻到花香时，就会有赴死的感觉，并将此直率地告诉他的温柔的爱情的对象，而且还把它作为一桩事件那样地期待着"……现在也不难看到内战与由此而产生的暴政（我之所以写"暴政"，是由于我觉得那些政权的代理人物握着的权力并不小于复辟者，前者中间有人最终推翻后者）。对于他的不幸的同代人来说，他们所处的时代，并不比我们现处的一九四三年更易于理解。

萨缅托，作为西班牙多重的仇敌，居然没有因为革命在军事上的胜利而失却冷静；他认为革命尚未成熟，他也看到广袤而人烟稀少的国土还不可能拥有一支具备自由理念的军队；他为我们留下了这样的观点："西班牙的殖民地有其存在的方式，而且在国王监护的旗帜下加以推行；我们则必须创造各国的君王，他们的长靴上钉有拿撒勒出产的马刺，刚从被驯服的壮马马背上跳下。"这里的示意很清楚。在同一章里他又指出："罗萨斯是弗朗西亚博士的门人，在残暴上则是阿蒂加斯的学生，而在向外国人学习如何迫害人方面，又是西班牙宗教裁判法院的传人了。"

大谬不然的是萨缅托竟被恶谥为"粗野"。另有一些人则因为厌恶"高乔"，就索性把他说成是高乔佬。他们在一定程度上把不服农村风纪、桀骜不驯与反对文明征服的不屈精神混为一谈。这样的非难显然只是一种简单的类比，其论据则是由于这个国家尚属草创，而且人们或多或少都施行暴力。格鲁萨克在一次葬礼上的即兴讲话中，竟夸大其词地提到萨缅托"粗鲁"，称之为"智力战争中出色的游击骑士"，说他将成为一股安第斯洪流。（且不说语法修养，格鲁萨克是不及萨缅托的；此外，萨缅托几乎不同于任何其他阿根廷人士，而格鲁萨克则与弗朗西亚博士的门生有诸多纠葛。）可以确定的是，萨缅托在进步思想崇拜中注入一股原始的热情，而罗萨斯（较少的冲动，较少的才气）则故意强调其对于乡俗的亲和力——这一份故作的矫情至今还在迷惑着人们，并把那谜一般的"官僚庄园主"转化为潘乔·拉米雷斯式或者基罗加式的冒险的游击骑手。

还没有一位阿根廷的观察家具有萨缅托那样的洞察力：关于美洲这块土地的征服以及天长地久一片又一片沙漠的覆盖。他明白，革命即便解放了整个大陆，在秘鲁和智利赢得了阿根廷式的胜利，最后还是让国家置于个人野心与历史陈规的力量之手。他意识到，我们的财富不应该只限于印第安人、高乔人以至于西班牙人的文化，而是应该无保留地全面汲取西方的文化。

萨缅托既反对贫穷的过去，又反对血腥的现在，遂成为一个异乎寻常的鼓吹未来的布道者。他跟爱默生一样，认为人的中心问题是命运，而命运的应验则在于不合逻辑之期待。萨缅托曾明确地指出，对于事物企望的实质，对于心想事成的应验，在于信念……在这么一个充斥着外省人、东岸人、布宜诺斯艾利斯人的混杂而又互不相容的世界里，萨缅托是第一个没有地方局限性的阿根廷人。他立志要在贫穷而破碎的土地上缔造自己的祖国。一八六七年，他在致胡安·卡洛斯·戈麦斯的信中写道："蒙得维的亚是个破落户，布宜诺斯艾利斯是一个乡村，阿根廷共和国则是一间厅堂。拉普拉塔河联邦是一副坚实的头盔，一条美洲土地内受压抑的种族的战斗的前线，一匹可派大好用场的布料。"（路易斯·梅利安·拉菲努尔《人物小传》，第一卷第二百四十三页）。

谁也不会读此书而不对其已故的杰出作者怀有特殊的感情，一股胜过尊敬与赞赏的特殊的感情：宽厚而充沛的友好之情。谁接触到此书，就可接触到一个人[1]——萨缅托满可以在该书的结尾写下这么一句。有人认为这本书的威望与它的大部分的名声都来之于萨缅托本人；但是他们却忘了，对当前的新一代阿根廷人来说，萨缅托本人还是这本书所造就的呢。

　　多明戈·福斯蒂诺·萨缅托《外省忆事》，豪·路·博尔赫斯作序并注，埃梅塞出版社，一九四四，布宜诺斯艾利斯

一九七四年附记

　　萨缅托还一再提到过抉择性的思考：文明或野蛮。如果要取代《马丁·菲耶罗》而另立经典，那么我们宁可推出《法昆多》——我们的另一部历史性的佳作。

　　纪棠　译

1　原文为英文。

多明戈·福斯蒂诺·萨缅托《法昆多》

在十九世纪独一无二而在本世纪又无其衣钵传人的叔本华曾经思考到，历史不是精确的演变，而其所涉及的事件则如同浮云一样偶然——我们可以从中想象出海湾与雄狮等形象。(有时，我们还可以瞥见一片状似天龙的云彩。[1]《安东尼与克娄巴特拉》中写到。)詹姆斯·乔伊斯会说：历史是我想要摆脱的梦魇。不过，更多人则觉得或声称：历史或明或暗地内含一幅画面——对此只需稍稍回忆一下突尼斯人伊本·赫勒敦、维科、施本格勒和汤因比等人就够了。《法昆多》向我们提出了这样一个抉择：文明或野蛮——据判断，这完全适用于我们的历史进程。在萨缅托看来，野蛮在当年就是当地部落与高乔人生活的原野，而文明则是城市。高乔人后来为垦殖者与劳工所取代，而野蛮不仅存在于村野，也存在于大城市的市井平民中间；蛊惑人心的政客履行了往昔的地方强权者的职能，尽管后者本身也是蛊惑人心之辈。上述抉择没有改变，而就永恒的角度看 [2]，《法昆多》仍然是一部最好的阿根廷的历史书。

大约在一八四五年期间，萨缅托从他的智利放逐之地正面地——也许仅仅是直觉地看清了历史。我们有理由这么推断，那就是他在这个国度巡视了一些地方之后——暂且不说他那股教育家兼军人的勇于冒险的双重精神，他作为历史学家的天才的推断力更有所增强。由于他那通宵达旦的工作热情，通过他与菲尼莫尔·库柏、空想主义者沃尔内 [3] 以及为现代人所遗忘的《女俘》[4] 的神交，凭借他那独特的记忆、深厚的爱与正义的仇恨，萨缅托又看到些什么呢？

由于空间常用行程的时间计算，而当年拉着大车行进的

---

1 原文为英文。

2 原文为拉丁文。

3 Volney（1757—1820），法国思想家，曾经提出过世界主义的设想。

4 阿根廷诗人埃切维里亚所著的高乔史诗。

军队要花去好几个月的时间跋涉广袤的沙漠，所以他当年眼中的沙疆比起今天来要更为辽阔。征服只是浅层次的；圣卡洛斯战役可能是一次决战，但是在一八七二年方才展开。确实有一整队一整队的印第安人部落，不顾白人的威胁径直向南方挺进。在被荒弃的草原上，自行繁殖着牛马。而那些甚嚣尘上、布局无序的城市——科尔多瓦位于谷地，而布宜诺斯艾利斯则临近大河，这又与远方的西班牙何其相似。当年如此，至今亦然：单调的西班牙风格的围栏与零乱的中心广场。我们走访过城市南端的旧总督府辖区时，只见一派败落景象。后来又不时地传来一些过时的消息：英国殖民地的起事、法兰西国王在巴黎被处死、拿破仑战争、入侵西班牙等；还有一些几乎是秘密流传的书籍，内含异端邪说——可是竟在五月二十五日的清晨结出了果实。人们常常忽视历史性的日子所包含的精神上的意义；我所指的那些书籍，正是当年伟大的马里亚诺·莫雷诺、埃切维里亚、巴雷拉、胡安·克里索斯托莫·拉菲努尔以及图库曼大会的代表爱不释手的读物。在荒漠之中，这些孤立的城市，就是当年的文明。

如同美洲其他一些地区——从俄勒冈、得克萨斯到大陆的另一端的一大片原野，活动着一支特殊的游牧骑士族，在这里，在巴西的南方和乌拉圭山区，他们叫高乔人。他们不是什么种族，在他们的血管里并不一定流淌着印第安人的血液。他们的属性是由于共同的命运而不是依据血统而决定的。他们把血缘看得很轻，而且一般都置之于脑后。"高乔"这个词的二十多条词源探索中，据萨缅托考证，与"瓦乔"最为接近。与北美的"牛仔"不同，高乔人并非冒险之徒；也与他们一度为仇的印第安人不同，高乔人一向不爱流动。他们的房屋是土堆泥砌的稳固的茅舍，而不是漂泊不定的帐篷。《马丁·菲耶罗》写道：

令人悲伤的是

丢掉活计

而远走异地他乡。

心灵充满痛楚，

而严峻的生活又把我们

这些草原的居民驱向沙漠。

菲耶罗的长途跋涉，不是冒险者的行程，而是不幸的历程。

高乔文学——好几代城市作家的奇异才情之贡献——似乎夸大了高乔人的重要意义。与社会学的某些怪论相反，我们认为所涉的是一部个人的经历而不是群体的历史。被萨缅托称之为"在战火中锻炼成长的游吟诗人"的伊拉里奥·阿斯卡苏比，曾经礼赞过"拉普拉塔河地区那些高歌猛进与暴君胡安·曼努埃尔·德·罗萨斯及其帮凶战斗到底的高乔人"。不过我们还是要问：那些为争取独立而献出生命的古埃梅斯部下的高乔人与法昆多·基罗加统领下亵渎了独立的高乔人，是否有很大的区别？他们都是头脑简单的人，他们缺乏爱国热情——对此我们不应感到惊奇。当英国入侵者在基尔梅斯附近登陆时，当地的高乔人都好奇地围观这些衣着漂亮、制服闪光、操着陌生语言的高个子男人。布宜诺斯艾利斯城，布宜诺斯艾利斯的居民（不是当局人士，他们已逃之夭夭），在利尼埃[1]的领导下，肩负起抵抗英国侵略军的重任。

---

1 Jacques de Liniers（1753—1810），法国海军军人，在夺取为英军占领的布宜诺斯艾利斯的战斗中崭露头角。

登陆事件早已臭名昭著，胡德桑对此也有过叙述。

　　萨缅托知道，他的作品的结构中只出现粗俗的无名之辈是不够的，因而捕捉一个鲜明突出的形象，并借以作为野蛮的人格化。他在法昆多的身上找到这个形象，一个忧郁的《圣经》的拜读者，又是曾经高擎过带有头盖骨、胫骨和"宗教或死亡"的标语的黑色海盗旗的旗手。罗萨斯对他来说没有用处。确切地说，他不是什么强权者，也从来没有摆弄过长矛，还公然表示憾其未死。萨缅托确定了悲剧性的结局，而任何人也写不尽基罗加注定的命运：他是在过道里被人用乱枪与乱刀打死的。然而命运对于这个拉里奥哈人还算仁慈，给予他一个令人刻骨铭心之死，而且又有萨缅托为之叙事。

　　很多人对该书构思时所处的环境感兴趣。大约在三十五年前，阿尔韦托·帕尔科斯对于这种无疑是正当的好奇，颇为嘉许。现录他的一段提纲式的文字如下：

1. 抨击罗萨斯与军事独裁制度，并进而反对智利独裁
   制度的代表人物，遂成为该作品的主题思想。

2. 肯定阿根廷流亡人士所进行的事业，或者说为此而借用了"萨缅托"[1]的词义并加以神圣化。

3. 向阿根廷人提示了一个用以在斗争中廓清问题与激励斗志的理论，并且献给他们一面战斗的大旗：争取文明反对野蛮的大旗。

4. 在文学的鼎盛时期展现了自己杰出的文学才能。

5. 预见到不等到暴政制度消灭，社会即将发生重大的变化，并将他的名字列入最早的流亡政治家的人物谱。

　　作为斯图尔特·密尔的老读者，我一向同意他的原因多元论；而帕尔科斯的提纲，在我看来，也没有什么言过之处，只是不够全面与深刻。据文集的编者声称，他尊重萨缅托的创作意图，然而谁都清楚，就天才的作品而言——《法昆多》显然是天才之作——意图是次要的问题。典型的范例就是《堂吉诃德》。塞万提斯原来只想戏仿骑士书籍，但今天

1　其词义是葡萄藤。据《圣经·旧约·列王纪上》中所载的"都在自己的葡萄树下和无花果树下安然居住"等文字以及西方常用葡萄藤图案作衣锦的习惯来看，似乎带有神秘的和平与吉祥的寓意。

我们记取的却是它的辛辣有力的讽刺。当代伟大的承诺文学作家吉卜林，在他的文学生涯终结之际，领悟到一个作家可以虚构神奇的故事，但不必深入对其寓意的理解。他回忆起斯威夫特的一桩趣事：他原想撰写一本声讨人类恶行的文章，结果留下的是一本儿童读物。还是让我们回到那个古老的论点吧：诗人是圣灵与缪斯的听写记录员。逊了色的现代神话选择了潜意识或下意识。

跟所有的"创世记"作品一样，诗歌的创作带有神秘色彩。把诗歌降低为一系列的智力运转行为，根据爱伦·坡的判断，就不是真正的诗艺，甚至于如同我曾经说过的那样，这会使它蒙受偶然性的条件之害。帕尔科斯的第一个论点是"抨击罗萨斯与军事独裁制度，并进而反对智利独裁制度的代表人物"，但是单独这一点不能孕育出斯芬克司式罗萨斯的生动形象（"一半像怯懦的女人，一半像嗜血的老虎"），也不会导致前文中的祈求："法昆多那可怕的阴影！"

图库曼大会已过去大约三十年之久，而当年的历史还没有提供一个历史博物馆的雏形。显要的人物也都是血肉之躯，而不是大理石或青铜制品或者画像。我们曾经通过一种巧妙的调和论，把他们与其仇敌合为一体。多雷戈[1]的雕像耸立在拉瓦列广场附近；在内省的一个城市我们还看到贝龙·德·阿斯特拉达街与乌尔基萨街的十字路口：如果传说无误，那么这个贝龙是被砍头丧命的。我的父亲（一位自由思想者）当年时常谈起"教义问答"已被课堂里的历史课文所代替。实际情况也确实如此。我们常用一周年、一个世纪甚至一百五十周年来计算时光的流程，而这个"一百五十周年"原是贺拉斯笔下的幽默之词，意思是"一英尺半长度"，而如今则用以为生日或忌辰作纪念活动。

除了古埃梅斯和布斯托斯将军之外（前者曾英勇地与西班牙军队作战并为祖国献出了生命，而后者由于在阿雷基托村的叛乱而玷污了他的军旅生涯），地方强权者对美洲的独立事业都怀有敌意，因为他们心目中的布宜诺斯艾利斯只是用以统治内地各省的借口。（阿蒂加斯就禁止东岸人加入安第斯联队。）萨缅托基于他在书中所持的论点，把这些东岸人过急

1　Manuel Dorrego（1787—1828），阿根廷将领，曾任布宜诺斯艾利斯省府总督，后死于拉瓦列发动的兵变。

地都归为高乔人。然而实际上，他们却是指使手下人出击打斗的地主。基罗加的父亲还是一名西班牙军官。

萨缅托树立起来的法昆多，是我们的文学上最令人难忘的人物形象。这一伟大的作品的浪漫主义风格，自然流露地、情不自禁地与惊心动魄的事件与人物浑然一体。至于后来的乌连、卡尔卡诺等人所作的改编或者改写，则趣味索然，如同霍林希德[1]编写的《麦克白》、萨克索·格拉马蒂库斯[2]的《哈姆雷特》一样。

萨缅托的许多不朽的创作形象，都鲜明地留在阿根廷人的记忆里：法昆多、其他同代人物群像、他本人及其母亲的形象等。对他不甚友善的保罗·格鲁萨克称他为"智力战斗中出色的游击骑士"，并赞扬他"对土生白人的愚昧无知所作的马队式的冲击"。

我不敢说《法昆多》是阿根廷的首屈一指的书。绝对

---

1 Raphael Holinshed（1529—1580），英国编年史家，所著《英格兰、苏格兰、爱尔兰编年史》，又称《盎格鲁－撒克逊编年史》，是莎士比亚多种剧本取材的主要来源。

2 Saxo Grammaticus（1150—1220），丹麦编年史家，著有《丹麦人的业绩》。莎剧《哈姆雷特》取材于此。

的肯定，不会引向信服而是导致争议；我只能说，如果我们没有把它奉为书中的范本，那么它堪称是我们的历史而配为佳品。

　　多明戈·福斯蒂诺·萨缅托《法昆多》，豪·路·博尔赫斯序并注，文苑出版社，一九七四，布宜诺斯艾利斯

纪棠　译

马塞尔·施沃布 *《童子军东征》

如果有一位东方的旅行家——比如说孟德斯鸠笔下的一名波斯人，要我们证明一下法兰西的文学天才，那么不一定非要推出孟德斯鸠的作品或者伏尔泰的七十余卷文集，看来只需要学说一两个动听的词（如 arc-en-ciel，这个词直译是天空中的一道拱门）或者一个有关十字军东征历史的惊人的书名（*Gesta Dei per Francos*，它的意思是：由法兰克人实现的上帝的伟绩）。那残酷无情的十字军东征，委实不比这一行字逊色。困惑的史学家企图为它作一些理性的、社会的、经济的以至于种族的解释，但都归于徒然。事实是持续两个世纪的收复圣墓的狂热控制了西方诸民族的情绪——尽管似乎也不乏他们的理性的奇观。十一世纪末，亚眠[1]的一个隐修士，一个身材短小、其貌不扬而目光却异常灵活的男子，用他的嗓音鼓动了第一次十字军东征。十三世纪末，雅利尔的杀人弯刀和器械，在阿卡留下了第八次印迹[2]。欧洲没有再度东征，那神秘而持久的狂热，那犯下如此残暴行为并在日后为伏尔泰所谴责的狂热，也终告了结。欧洲开始回味收复圣墓的行动。东征没有失败，恩内斯特·巴克说，它只不过是中断了而已。集结了如此庞大的军队并且策划了这么多次进军的宗教狂热过去之后，只留下很少的几个形象，它们仅在几个世纪之后反映在《耶路撒冷》的那些悲凉而清晰的镜面之上：身披铠甲的骑士的高挑身影、猛狮出没的黑夜、巫术蛊惑的孤独土地。最令人痛心的形象，是不计其数的丧生的儿童。

　　十二世纪初，两支儿童远征队从德国与法国开拔。他们居然相信自己瘦小的双足能跨江过海。难道《福音书》不是在恩

*　Marcel Schwob（1867—1905），法国作家、史学家，《童子军东征》是他1896年的作品。

1　法国皮卡第大区的区府。下文提到的"隐修士"指彼特，又称隐修士彼特，1096年他率家人在内的数千之众，前往君士坦丁堡。

2　此处指1270年由法国路易九世和英格兰爱德华王子发动的第八次也是最后一次十字军东征，以失败告终，路易九世死于瘟疫。雅利尔指土耳其军事首领。

准与神护着他们吗:"让小孩子到我这里来,不要禁止他们。"(《路加福音》,第十八章第十六节)。上帝不是明示过:只要有信念,大山也能挪移吗。他们就这样信心百倍、兴致勃勃、义无反顾地奔向南方的一些港口。预想的奇迹没有发生。上帝竟会让法国纵队被奴隶贩子劫持,在埃及给贩卖掉;德国纵队则因迷路而失踪——为蛮荒与时疫(据猜测)所吞没。无人知晓发生何事[2]。有人说在"哈默尔恩的吹笛手"的传说中,有过一段它的回音。

印度斯坦的某些书籍,就谈到过宇宙只不过是每一个人身上不可分的、固定不变的神性的一场梦。十九世纪末,马塞尔·施沃布——这个梦的创作者、演员兼观众,就曾经企图重温许多个世纪前的非洲与亚洲的孤独的梦:渴望收复圣墓的童子军的历史。但我肯定,他没有进行这一场福楼拜所期望过的考古的试验,而满足于收集大量的雅克·德·维特里[3]

---

1 《圣经·新约·马太福音》此处原文为:"耶稣说,是因为你们的信心小。我实在告诉你们,你们若有信心像一粒芥菜种,就是对这座山说,你从这边挪到那边,它也必挪去。"

2 原文为拉丁文。

3 Jacques de Vitry(1160—1240),法国中世纪作家,所著《巴黎学徒的生活》描绘了当时在巴黎学艺之人的众生相。

或者埃诺尔[1]的陈旧篇页，继而极尽其想象与选材之能事；于是乎，他梦想为教皇，梦想为教士，梦想为儿童，又梦想为牧师。在这项任务中，他采用了罗伯特·勃朗宁的分析法，而勃朗宁的叙事长诗《指环和书》（一八六八年）通过十二段独白向我们展现的，则是一桩错综复杂的犯罪——从杀人犯、受害者、证人、辩护律师、检察官、法官以及罗伯特·勃朗宁本人的不同角度加以观察……拉卢（《法国当代文学》，第两百八十二页）曾经称赞过施沃布所作的"天真的传奇"，具有"朴素的精确"；不过我还要补充一句：精确既没有减少其传奇性，也没有降低其伤感程度。吉本不是说过伤感往往产生于寻常的境遇吗？

马塞尔·施沃布《童子军东征》，豪·路·博尔赫斯作序，石鸡出版社，一九四九年，布宜诺斯艾利斯

纪棠 译

---

1 Ernoul, 12 世纪法国作家，所著《1187 年的哈丁之战》，又名《埃诺尔》，是研究十字军东征的文献。

威廉·莎士比亚《麦克白》

　　哈姆雷特，作为丹麦王朝服丧戴孝的公子哥，是个颇具讽刺意味的人物。他要报杀父之仇，却迟迟疑疑，不是反复讲着大段大段的独白，就是难过地摆弄着死人头骨。这使他成为评论界非常感兴趣的对象。十九世纪许多名人都曾有所评述就表明了这一点。拜伦、爱伦·坡、波德莱尔、陀思妥耶夫斯基等，无一例外，他们都曾饶有兴趣地对它一幕幕作过过细的分析。（当然，他们的分析涉及各个方面，比如：提出疑问——疑问乃是智慧的诸多表现之一。而在丹麦王子这件事情上，这疑问并不仅仅是指幽灵是否真的存在，还关乎它本身的真实性，以及在肉体解体之后等待着我们的是什么。）麦克白国王这个人，总让我觉得更为真实，他似乎主要是投身于他那残酷的命运，而不是去适应舞台的需要。我相信哈姆雷特，但不相信哈姆雷特的遭遇；我相信麦克白，也相信他的故事。

惠斯勒说过：艺术是偶然发生的[1]。我们知道我们永远无法全部诠释出其美学奥秘，但这并不妨害我们对使奥秘成为可能的事实进行分析。而众所周知，事实是无穷无尽的。按照一般的逻辑，一件事情的发生，总是由事前的全部前因后果汇合在一起才促成的。让我们来看一看几个最突出的前因后果。

而今，麦克白在人们的心目中只是一场梦，艺术的梦，而忘记了他曾是一个活生生的人。尽管剧中有女巫，有班柯的幽灵，有森林向着城堡挺进的场面，它仍是一部历史剧。在《盎格鲁－撒克逊编年史》中，有一篇讲述一〇五四年发生的事情（比挪威人战败于斯坦福大桥和诺曼征服大约早十二年），说是诺森伯里亚伯爵西沃德从陆地和海上进犯苏格兰，赶走了苏格兰国王麦克白。其实，麦克白是有资格执政

1　原文为英文。

的，他并不是个暴君。他获得了仁慈和虔诚的名声：对穷人慷慨，又是热诚的基督徒。他杀死邓肯是光明正大的，是在战场对阵时杀的。他清剿了北欧海盗。他在位时间长，而且公正。人的记忆是富于想象的，后人为他编出了一篇传奇故事。

光阴似箭，日月如梭。数百年后，出现了另一个重要人物——编年史学家霍林希德。我们对他了解不多，甚至不知他的出生年月和地点。据称霍氏为"上帝之声大臣"[1]。他于一五六〇年左右到达伦敦，参与撰写某种规模宏大的世界通史，并坚持不懈。这部史书后来压缩为英格兰、苏格兰、爱尔兰编年史，现在即以此为该书的书名。[2] 书中有麦克白的故事，莎士比亚就是从那里得到灵感的，还在他的剧作中多次使用了史书中的原话。霍氏大约死于一五八〇年，《编年史》是在他死后的一五八六年出版的。据推测，莎士比亚使用的就是那个版本。

1　霍林希德在伊丽莎白一世当政时期（1558—1603）到伦敦从事基督教著作的翻译工作。
2　即《盎格鲁－撒克逊编年史》。

现在谈谈威廉·莎士比亚。他生活的年代（一五六四～一六一六）发生了许多重大事件：无敌舰队，荷兰解放，西班牙一蹶不振，隅居在一个支离破碎的小岛上的英国成为世界上最强大的王国之一。在这样的时代背景下，莎士比亚的身世会让我们觉得他莫名其妙的庸常。他做过十四行诗诗人、演员、企业家、商人、讼师。去世前五年，他回到他的故乡埃文河畔的斯特拉特福镇。在那里，除了一份遗嘱和墓志铭外，他没有写下只言片语。遗嘱里连一本书都没提到，墓志铭也写得很不像样子，几乎当不得真。他生前没有把他的剧作汇集出版，我们所见到的第一个版本——一六二三年的对开本，还是在一些演员的倡议下才得以面世的。本·琼森说他不大懂拉丁文，希腊文就更差了。这些事实让人想象莎士比亚只是个挂名的人物。晚年住进精神病院的迪莉娅·培根[1]小姐（她的一本书曾蒙霍桑提笔写了序言[2]，尽管他并没有读过她那本书），硬说莎翁名下的剧作均出自想象力完全不同的一位预言家、实验科学的鼻祖弗朗西斯·培根之手。马

1　Delia Bacon（1811—1859），美国作家，著有《莎剧哲学思想的揭秘》等。
2　指霍桑的《回忆一位才女》。

克·吐温附和她的这种说法。路德·霍夫曼提出了另一个可能的人选——被人称为"缪斯的情人"的克里斯托弗·马洛。但他的可能性就更小了，他在一五九三年就被人刺死在迪普福特的一个小酒馆里了。前一个说法出现在十九世纪，后一个在二十世纪。而在那之前的两百多年中，任何人都没有想象过莎士比亚会不是其作品的作者。

十九世纪三十年代"愤怒的青年"一代（他们把十七岁便在一个阁楼上自杀身亡的托马斯·查特顿奉为诗人的典范），对莎士比亚简朴的履历从未完全认可过，他们宁愿相信他是个不走运的人。雨果以出色的辩才千方百计地证明，与莎士比亚同时代的人不知道有莎翁这个人，或者看不起他。而忧郁的事实是，莎士比亚虽然一开始遇到过些波折，却一直是个不错的士绅，受人尊敬，事业有成。（夏洛克、戈内里尔[1]、伊阿古、里昂提斯[2]、科里奥兰纳斯[3]和三个命运女神都是成功的创造。）

---

1 莎士比亚悲剧《李尔王》中人物，李尔王狠毒的长女。
2 莎士比亚喜剧《冬天的故事》中的西西里国王。
3 莎士比亚悲剧《科里奥兰纳斯》中的罗马贵族，原名卡厄斯·马歇斯。

列出上述这些事实之后，我们还要提一提当时的一些情况，相信这些情况会缓解我们的惊讶。莎士比亚没有把他的作品（除个别外）付梓出版，是有原因的。因为他的戏剧是为舞台演出创作的，而不是供阅读的。德·昆西指出，剧院演出产生的轰动效果毫不逊于排字出版。十七世纪初，为剧院写作是一种不可少的文学活动，就像现在为电视、电影写作一样。当本·琼森以"作品"为标题发表他的悲剧、喜剧、假面剧的时候，人们还讥笑他呢。我甚至斗胆做这样的设想：为了写作，莎士比亚需要舞台的激励，需要首次公演的催促，演员的催促。正因为如此，一旦卖掉了他的环球剧院，他便停笔不再创作了。况且那时剧作作品属于剧团，而不属于作者或改编者。

莎士比亚时代不像我们这个时代那么较真儿，那么轻信，那时的人把历史看做艺术，当做专门制作供人消遣的神话故事和讽喻故事的艺术，而不是一种准确性较差的科学。他们不相信历史学能够恢复过去的面貌，但却相信历史学能够把过去塑造成有趣的神话传说。莎士比亚经常阅读蒙田、普卢塔克和霍林希德的著作，他在后者的书中看到了《麦克白》

的故事情节。

众所周知，我们在《麦克白》中看到的头三个人物是在雷电交加、暴雨倾盆的荒原中的三个女巫。莎士比亚称她们为精怪姐妹。在撒克逊人的神话里，精怪是掌管人和诸神命运的神；所以，"精怪姐妹"的意思并非怪异姐妹，而是命运三姐妹，即斯堪的纳维亚的命运三少女、罗马神话的命运三女神。是她们，而不是剧的主角，驾驭着剧情的发展。她们问候麦克白时用的称呼，一个是"考多尔爵士"，另一个是看似不着边际的"君主"。这本是两个预言，在第一个迅即成为现实之后，第二个也就变得无法避免了。麦克白在他夫人的催促下，一步步走上了谋杀邓肯之途。他的朋友班柯倒没有太看重这三个女巫，他在解释这三个幽灵幻象时说："地上有泡沫，正如水中有泡沫。"

莎士比亚与我们天真的现实主义作家不同，他懂得艺术总是意味着虚构。他的戏剧同时发生在两个地方，两个时代：在遥远的十一世纪的苏格兰，也在十六世纪初伦敦近郊的舞台上。那三个长着胡子的女巫中有一个就曾提到"猛虎号"的船长。这艘船从叙利亚的阿勒颇港起锚经过漫长的航行抵达英国，其中有的船员还赶上了该剧的首场演出。

英语是日耳曼语族的语言；自十四世纪起，它也可以算是拉丁语族的语言。莎士比亚故意交替运用两者的特色，尽管它们在意思上并不总是相同的。比如这两句：

The multitudinous seas incarnadine,

Making the green one red.[1]

前一句用的是铿锵响亮的拉丁语，后一句却是短小质朴的撒克逊语。

莎士比亚似乎已经感觉到，统治欲、控制欲不仅属于男人，也同样属于女人。麦克白就是女巫和王后手中既听话又残忍的一把匕首。施莱格尔[2]是这样理解的，布雷德利[3]却不这样想。

---

1 语出《麦克白》第二幕第二场，意为："我这一手的血，倒要把一碧无垠的海水染成一片殷红。"

2 August Wilhelm Schlegel（1767—1845），德国作家，用无韵诗体翻译了十七部莎剧，《戏剧艺术与文学讲演录》第十二讲专论莎剧。

3 Andrew Cecil Bradley（1851—1935），英国评论家，《莎士比亚悲剧》是其名著。

我读过许多关于《麦克白》的文章，也忘了不少。不过，我认为柯尔律治[1]和布雷德利（《莎士比亚悲剧》，一九〇四年）的论文，至今仍是无人超越的。布雷德利指出，莎士比亚的作品孜孜不倦地、生动地给我们留下这样的印象，就是快而不促。他说，他这出戏黑暗占据着统治地位，几乎是漆黑一片：偶然冒出一丝火光的黑暗和老也去不掉的要流血的预感。一切都发生在夜晚，只有国王邓肯既可笑又感人的一场戏是个例外。国王在看到城堡高高的塔楼（他一旦进去将再也出不来的塔楼）时说，凡是燕子喜欢出没的地方，空气就清新美妙。设计要害死国王的麦克白夫人，看到的却是乌鸦，听到的是乌鸦的叫声。风暴伴着罪行，罪行乘着风暴。大地颤抖，邓肯的烈马疯狂地互相吞噬。

人们经历过的往事，往往会被吹得天花乱坠；麦克白却不会有这样的问题。这部剧作是文学能够提供给我们的情节最紧张的剧作，它的紧张程度持续不衰。从女巫们讲的哑谜似的话（美即丑，丑即美[2]）开始，这些话像有种魔力似的渗

---

1 柯尔律治在 1818 年出版过《莎剧演讲集》。
2 原文为英文。

入人们的理智中，直到麦克白被围困并战死为止，整出戏就如某种激情或音乐抓住了我们。不管我们像苏格兰国王詹姆斯一世那样相信恶魔学也好，还是我们的信仰使我们不相信也罢，也不管我们认为班柯的鬼魂不过是身心受到折磨的凶手谵妄胡说也好，还是认为那就是死者的幽灵也罢，凡是看这出戏的、浏览一下或者想起这个剧本的，都会强烈地感受到这个悲剧，就像是做了一场噩梦。柯尔律治写道：对诗的崇拜会使人愉快地、自愿地暂时放弃怀疑。《麦克白》就像任何真正的艺术作品一样，图解并证明了这种看法。在这篇序言的前半部我说过，这个戏的故事同时发生在中世纪的苏格兰和已经在跟西班牙争夺海上霸主地位的、战舰与文学齐头并举的英国。事实是莎士比亚梦中的这出悲剧（如今成了我们的梦），它不属于哪个历史时间范畴，换句话说就是：它创造了自己的时间。国王可以谈论他从未听说过的披甲来的犀牛，而不受任何追究。如果说《哈姆雷特》是暴力世界里一个沉思者的悲剧的话，那么《麦克白》可不一样，《麦克白》的喧哗和骚动似乎逃脱了世人的分析。

《麦克白》中，一切都是最基本的，只有语言不是。《麦克白》的语言是巴罗克式的，是极其复杂的。语言奇特是激情使然，这激情不是克维多、马拉美、卢贡内斯，或者比他们名气还要大的詹姆斯·乔伊斯的那种技巧激情，而是发自内心的激情。主人公使用的双关比喻，一次次地兴奋和绝望，令大作家萧伯纳为《麦克白》做出下面这个著名的定义：《麦克白》是现代文人充当女巫的信徒和杀手的悲剧。

屠夫和他的恶魔般的夫人——王后（我用的是马尔康[1]的说法，这说法反映了他的憎恶，并不反映这两个人物错综复杂的真实情况），对于使他们浑身沾满鲜血的罪行从未后悔过，尽管他们的罪行一直在古怪地纠缠着他们，令他们发疯，使他们晕头转向。

莎士比亚是英国诗人中最少英国味的诗人。与新英格兰的罗伯特·弗罗斯特，和华兹华斯、塞缪尔·约翰逊、乔叟，以及那些写过或唱过哀歌挽歌的不知名的人物相比，莎士比亚几乎是个外国人。英国是个谨言慎行的国度，人们善于点到为止；夸张、过头、极致是莎士比亚所特有的。同

---

1 《麦克白》中人物，国王邓肯之子。

样，宽容大度的塞万提斯，也不像是斩罚绝断和大吹大擂的西班牙人。

格鲁萨克就莎士比亚问题为我们留下了典范的篇章，我不能也不想在这里忘记提到他的贡献。

威廉·莎士比亚《麦克白》，博尔赫斯作序，列入南美出版社《杰作丛书》，国家艺术基金会，一九七〇年，布宜诺斯艾利斯

赵士钰　译

威廉·香德《酵素》

一八七七年佩特指出，所有的艺术都希望有音乐那样的特性，音乐是唯一一种仅有形式的艺术，或者像叔本华所说，是唯一一种即便没有世界也可以存在的艺术，因为音乐是人的意志的直接对象化。佩特的理论为他那时的实践提供了依据。丁尼生、斯温伯恩、威廉·莫里斯的诗，尽管彼此非常不同，有如水火互不相容，却都想成为音乐，并且都惬意地成了音乐。本世纪的穆尔认为，思想是现代文学的死对头，他编了一本纯诗歌诗集，都是"由排除了个性的诗人创作的诗"。

无独有偶，叶芝追求能够唤起个人记忆后面的共性记忆的象征物，写了许多浪漫主义的朦胧诗篇。到四十岁左右，他一改先前的风格，又创作了大量使用口语和有具体情节的诗。

叶芝的发展变化反映了英国诗歌的发展变化：从遥远、高贵、悦耳，转变为身旁、一般、刺耳，而本质不变。当然，他挑战传统是符合传统的，这里我们只要提一下多恩、阿·休·克拉夫和勃朗宁就够了。多恩就曾为反对古意大利式的软绵绵而大声疾呼：

我不会像美人鱼那样歌唱去诱惑他人，我是粗暴的。[1]

我在读到这本书的某些篇章时，特别想到勃朗宁。书中有一篇的标题是《一个俗人的自白》（一九四七年）。勃朗宁总是为其独白的人物开脱，哪怕这个人物是卡利班或拿破仑三世；香德的做法不是这样，他不为他的"俗人"做解释，而是把他拿出来示众。

勃朗宁笔下的主人公都是个人（是不同的人，至少勃朗

---

1 原文为英文。

宁想使他们这样），而香德笔下的都是类型人物。我这里只是说明情况，并不指责谁。《盲目的情人》中一位母亲告诫说：

> 你们必须拼命努力，
> 学会怎样生活，因为
> 你们的儿子们还前途未卜。[1]

这句劝告因为针对的是一种局面，而不是某种个性，就更值得人们记住。（"未卜"这个词，我不记得还有哪儿比这儿用得更恰当了。）

乔治·穆尔对吉卜林的写作慨叹不已，曾字斟句酌地这样发问：自伊丽莎白时代以来，还有谁像他那样用全部语言写作呢？我认为同样的话也可以用来说威廉·香德，他也是用全部语言写作的，只要我们不把他的词句看做是令人不快的统计学壮举，而是看做善于搭配使用不同氛围的词语的能力表现，那就行了。

1　原文为英文。

艾略特写的东西往往繁杂而又内容贫瘠，但也有时突然闪出亮点，故仍值得一读。在一处闪亮的地方，他指出，诗人最重要的是能够看到比丑和美更远一些的东西，看到厌烦、恐怖和壮丽（《诗歌的用途和批评的用途》，第一百零六页）。

"看到厌烦、恐怖和壮丽"这个令人赞叹的结论性见解，已经被奉为英国的教条；艾略特对这个结论性见解令人赞叹的变换说法，一语道出了香德的一项本领。他的另一项本领是为我们当今这个壮丽、烦人、可怖的世界创造出各种象征物。

任何一本书都提供一种选择。我不知道未来将偏爱本诗集的哪些诗篇。也许是《酵素》，它的严肃而凄凉的诗句：

> 如果今天你宽宏大度的话，就饶恕我吧！[1]

与其说是显示出韵律技巧，不如说是激情推动诗文的一种需

---

1 原文为英文。

要。也许是《玩偶》，它以电影式的简洁手法在窄小的篇幅里确定一种命运。也许是《午夜》，它给我们留下这样无助的哀叹：

我是一只他们的憎恶所铸造的鸟。[1]

或许是《我突然变得形单影只》，每个人都会觉得这首诗道出了自己内心的秘密。或许是《歌唱》，因为诗里有两句话不像是出自某个人，倒像是出自所有的人，它具有古老悠久的无名氏作品的品位。这两句话是：

她离开我的时候，我是那么苍老；
她靠近我的时候，我又如此年轻。[2]

也许是《弗兰茨》，其中一个惊人的诗句包含了德国式的玄妙：

---

1 2 原文为英文。

266

他把音乐藏在骨头里偷偷带进来。[1]

也许是由各种幻觉构成（又是勃朗宁的影子！）的《咖啡馆里的男人》。

在现在这个历史时代，从事诗人这个神秘而又古老的职业，是一项很大的责任。威廉·香德心里非常清楚，他诚惶诚恐地斟酌词句，却也胜任愉快。

威廉·香德《酵素》（诗集），博尔赫斯作序，海中瓶出版社，一九五〇年，布宜诺斯艾利斯

赵士钰　译

1　原文为英文。

奥拉弗·斯特普尔顿 *
《星星制作者》

　　一九三〇年左右，威廉·奥拉弗·斯特普尔顿已经四十多岁了才第一次从事文学创作。正因为他开始得晚些，所以他没有学会某些技巧，也没有染上某些恶习。他的作品使用抽象词语较多，说明他在写作前读哲学书籍较多，读小说和诗较少。至于说他的个性和身世，最好还是引用一下他自己的话："我是个天生粗心的人，又受到资本主义的保护（也许是作践？）。在折腾了半个世纪之后，到现在才开始学习做点事情。我的童年历时近二十五年，是在苏伊士运河地区，在一个叫阿伯特绍尔姆的小镇上度过的，还上了牛津大学。我尝试过几种不同的工作，每次都不得不在大难来临之前逃之夭夭。我做过教师，在上宗教史课之前，我把《圣经》整章整章地默背下来。在利物浦当办事员的时候，我搞丢了若干货运清单；在塞得港，我傻乎乎地让船长们多弄走好多煤。我想为教育百姓做些事情，可矿工和铁路员工教给我的东西，要比他们从我这里学到的东西多得多。一九一四年战争爆发时，我很平和，我在法国前线为红十字会开急救车。再后来就是浪漫的婚礼，生儿育女，有时平静、有时激动的家庭生活。我一直像个结了婚的少年，到三十五岁上，才终于一觉醒来。我从蝌蚪状态转到仍不太定形的、迟迟到来的成熟阶段，经历了困难的过程。有两种经历支配着我：哲学和凄惨的、乱如蜂房的人生……如今，当我的一只脚踏在思想成熟的门槛上时，我发现我的另一只脚已经踩入坟墓了。对此，我是一笑置之。"

　　他这段话最后所用的一个很普通的比喻，是斯特普尔顿在文学上无甚偏好的一个例证，因为它没有表现出他那几乎是无边无际的想象力。威尔斯让他的魔鬼——带触角的火星

＊　Olaf Stapledon（1886—1950），英国作家，常用科幻小说的形式批判20世纪的宗教观、政治和社会政治体制，《星星制作者》是他1937年的作品。

人、隐身人、地下无产者和盲人——和普通人打交道；斯特普尔顿则是以博物学家的准确性，多少有些乏味地构筑和描写他所想象的一个个世界。他的生物幻影没有人类的烦恼。

瓦莱里在一篇研究爱伦·坡的《我找到了！》的论文中提到，宇宙起源说是最古老的文学类型。那么，我们可以说最新的文学类型要算是科幻寓言或科幻故事了，尽管培根早在十七世纪就已发表了他的《新大西岛》。我们知道，爱伦·坡曾分别接触过这两个文学类型，或许后一个类型还是他首创的。而斯特普尔顿在这本不同凡响的书中，把两个类型结合在一起。在对时间和空间进行想象探索时，他不是采用含糊的、没有说服力的情节过程，而是求助于一个头脑与另一些头脑的融合，求助于灵魂与神的某种结合，或者也可以说，是借助某种著名的喀巴拉学说，只把它稍加变化。喀巴拉学者设想在人的体内可以同时并存着很多灵魂，就像在即将做母亲的女人体内那样。斯特普尔顿的大多数同行都比较随心所欲，不太负责任，而他却给人以诚恳的印象，尽管他的故事离奇，甚至有鬼怪。他杜撰出一个个故事，不是为了让读者消遣解闷，令他们惊愕；而是以诚实严谨的态度，叙述一个连贯的梦中各种阴森复杂的波折与变迁。

生卒年月地点似乎也给人以一种莫名其妙的满足，所以我们也补上这方面的资料：这位宇宙幻想家一八八六年五月十日生于利物浦，一九五〇年九月六日死于伦敦。对于本世纪的人们来说，《星星制作者》不但是一部神奇的小说，而且是关于在多个世界并存的情况下一种可能的、可以想象的体系及其动人故事的描述。

斯特普尔顿《星星制作者》，豪·路·博尔赫斯作序，牛头怪出版社，一九六五年，布宜诺斯艾利斯

赵士钰 译

斯维登堡《神秘主义著作》

伏尔泰在一篇文章中谈到另一个著名的斯堪的纳维亚人——瑞典的卡尔十二世时，曾说他是世上曾出现过的最了不起的人。他使用语法上的最高级形式是不够谨慎的，因为他不能令人信服，只会引起无谓的争论。卡尔十二世是个军事征服者，像他那样的人还可以举出几个。我倒觉得，把伏尔泰关于卡尔的那句话，用在卡尔手下最不可思议的臣民伊曼纽尔·斯维登堡身上是颇为合适的。

爱默生一八四五年在一次令人赞叹的演说中，把斯维登堡列为神秘主义的典型人物。这个词儿用得虽然极为恰当，但是有可能让人想象他是个有偏差的人，本能地想脱离面前现实的人（我始终不明白我们为什么把现实说成是面前的事儿）。斯维登堡可一点都不像这种人，他走遍阴阳两界，清醒而勤奋。没有谁像他那样充分地拥抱生活，热忱地研究生活，理智地热爱生活，渴望了解生活。没有谁比这位有血有肉的斯堪的纳维亚人更不像一个隐修的僧侣，他去过的地方比红头发的埃里克去过的还要远得多。

斯维登堡像佛陀一样谴责禁欲主义，认为禁欲主义使人困顿而无能。在天堂的一角，他曾见到一位隐士，这人生前很想进入天堂，一直寻求孤独和荒漠。这位升入天堂者，在达到目的后，发现他听不懂天神的谈话，也不能深入了解天堂的奥秘。后来他得到允许，在他周围给他映射出一片荒野的幻影。现在，他就像当初在尘世时那样，每日苦苦修炼祷告，只是没有了先前对天堂的期盼。

斯维登堡的父亲，加斯帕尔·斯韦德贝里，是路德教派一位杰出的主教，热诚和容忍在他身上达到了奇妙的结合。斯维登堡是一六八八年初在斯德哥尔摩出生的。他从小就想着上帝，常找机会和到他家造访的牧师交谈。凭信仰使灵魂得救，是路德所倡导的宗教改革的基石，值得一提的是，斯维登堡却认为以行动使灵魂得救则更为重要，因为这是信仰的可靠证据。这个举世无双的人，他一个人就顶好几个人。他不轻视动手的能力：年轻时他曾在伦敦学习各种手工艺术，当过装订工、细木工、验光配镜师、钟表匠，也制作过科学仪器，为地球仪刻地图。此外，他还学过各种自然科学课程，学过牛顿的代数学和新天文学。他想和牛顿谋面交谈，但没有机会。他的学习总是富有创造性的。他是拉普拉斯－康德星云假说的先驱，他设计了能在空中飞行的艇，能在海底航行的船（后者可供军用）。是他教给了我们一种确定经度的方法，还给我们留下一篇关于月亮的直径的论文。

一七一六年左右，他在乌普萨拉创办了一份学术性刊物，名字起得很漂亮，叫《代达罗斯北方乐土人》，办了两年。一七一七年，他因厌恶纯理论的研讨，谢绝了国王分派给他的天文学教授职位。在卡尔十二世进行的莽撞的、差不多是神话似的战争中（伏尔泰正是由于这几场战争写出了史诗《亨利亚德》[1]），斯维登堡当过军事工程师。他设计并制作了一种装置，可以从陆上转移船只，移动距离有十四英里之

1　伏尔泰1728年创作的以法国十六世纪宗教战争为题材的作品。

多。一七三四年在萨克森出版了他三卷本的《哲学和逻辑学著作集》。他还用拉丁文写出了很好的六步韵诗。他喜欢英国文学（斯宾塞、莎士比亚、考利、弥尔顿、德莱顿），欣赏他们丰富的想象力。即便他不从事神秘学研究，他的大名也会显赫于科学界。他像笛卡儿一样，对灵魂和肉体相接的准确位置这个问题颇感兴趣。解剖学、物理学、代数学、化学都给他以灵感，他勤奋地写下许多著作，都是按照当时的习惯，用拉丁文写的。

在荷兰，他注意到那里的居民信仰上帝，生活安逸，他认为那是因为荷兰是个共和国，而在王国里人们习惯于讨好他们的国王，奉承上帝，这种奴颜媚骨上帝不可能喜欢。顺便说一下，他在历次旅行中经常访问中小学、大学、贫民区和工厂；他喜爱音乐，特别是歌剧。他当过皇家矿物局顾问，在贵族院有他的席位。比起专断的神学，他总是更喜欢研究《圣经》。他不满足于仅仅阅读拉丁文的《圣经》，还要研究希伯来文和希腊文的《圣经》原文。在一篇私人日记中，他自责"过于高傲"。一次在翻阅一家书店的图书时，他想他不用费很大气力就可以超过所有这些书；过后他明白了：上帝有千百种方法去触动人们的心，任何一本书都是有用的。小普林尼就曾说过，一本书再差，也会有点好东西。这话塞万提斯后来也说过。

他一生中最重要的一件事，发生在一七四五年四月的一个晚上，在伦敦。斯维登堡本人把那次经历称为离散度，或曰分离度。事情发生之前，他做过梦，做过祈祷，经历过犹疑恍惚的阶段和斋戒期，而最最奇特的是，在那之前他还在做着认真的科研工作和哲学思考。一天，一个陌生人，我们不晓得是什么模样，在伦敦的大街上默默地跟着他，后来突然出现在他的房间里，对他说他乃上帝。他亲自交待给他布道的使命：唤醒陷于无神论、迷途和罪孽中的人，使他们重新树立起真正的宗教信仰，对耶稣的信仰。还告诉他，他的灵魂将游历天堂和地狱，可以和亡灵、魔鬼或天神交谈。

那时，这个被选中者已有五十七岁；在后来的近三十年中，他一直过着这种往返阴阳两界的生活。他用明白无误的语言详细记述了他的见闻。他与其他神秘主义者不同，他不使用隐喻，不闪烁其词，不故意拔高夸大。

书中的解释是清楚的。使用什么词都以读者是否有过那样的经历为前提，务必使每个词都恰恰是代表这种经历的符号。如果提到咖啡的味道，那是因为我们都喝过咖啡；要是讲到黄颜色，那是因为我们都见过柠檬、金子、麦子和日落。为了暗示难以言传的人的灵魂与神的结合，苏菲派不得不借助于各种奇特的讽喻，如玫瑰、醉酒、性爱等形象。斯维登堡做到了不用这类修辞手段，因为他所讲的不是灵魂因冲动异化而进入的迷醉状态，而是对世外领域一点一滴的准确描述。为了让我们想象一下地狱的最底层是什么样子，或者初步有个概念，弥尔顿告诉我们：那里没有光，但是模模糊糊还能看得见。而斯维登堡更喜欢探险家或地理学家记述陌生地域时所表现出的那种精确性和偶尔会有的过细说明。

写到这里，我预感到读者的疑问，它就像一堵高大的铜墙在挡着我，使我无法继续写下去。有两种猜测加强了这种疑问：一个是认为写这些怪事的人在有意欺骗，一是想象他受到了某种急性或慢性疯癫的影响。第一种说法是不能成立的。要是斯维登堡有意欺骗的话，他就不会答应将他好大一部分著作匿名出版了。他那十二卷本的《神秘的结合》就是这样出版的，因而使这些著作舍弃了一个有声望的名字所能赋予的权威性。我们知道，他并没有打算在对话中赢得新的皈依者。他像爱默生（《推断难以服人》）或惠特曼那样，认为推断是不能令人信服的，要摆出事实，只要摆出事实人们就会接受。他总是避免争论。在他的全部著作里，你找不到一处演绎推理的地方；只有平静的、干净利索的说明。我这里指的当然是他的神秘主义著作。

关于疯癫的设想同样是没有根据的。如果编辑《代达罗斯北方乐土人》和《原则第一，天经地义》的人是疯子的话，那我们就不该认为后来成千上万页有条理的篇章是出自他之手了。那些篇章是近三十年不懈耕耘的结果，绝不是什么胡言乱语。

现在让我们看一下他多次提到的前后连贯的显灵的事，这确实有些不可思议。威廉·怀特曾尖锐指出，我们对古人说的显灵的事就服服帖帖相信，对今人讲的就不那么相信；有时不但不信，还要取笑他。我们相信以西结，是因为时间和空间上的距离使他显得高大光彩；我们相信圣十字若望，因为他属于西班牙文学。但是，我们不相信斯维登堡的叛逆弟子威廉·布莱克，和距我们仍然比较近的、他的老师。真正的显灵，到底是哪一天停止的呢？是哪一天开始被假冒的显灵替代的呢？吉本在谈到天神显灵时，也说过同样的话。斯维登堡为了能直接研习《圣经》，花了两年的时间学习希伯来文。我觉得（先说清楚，我的看法自然是非正统的，它只是一个普通文人的看法，而不是专家或神学家的看法）斯维登堡和斯宾诺莎、培根一样，是一个喜欢独立思考的思想家，他犯了一个令他尴尬的错误，就是他决心把自己的思想纳入《旧约》和《新约》的框框。希伯来喀巴拉派神秘主义者也做过同样的事，他们基本上都是新柏拉图主义者，为了证明自己的体系正确，总是求助于《圣经》的权威，援引它的章节、词语，甚至一个个字母。

我并不打算全面阐述新耶路撒冷教（即斯维登堡派）的教义，我只想稍微谈两点。首先是他对于天堂和地狱的非常独特的见解。在其最著名最出色的作品《论天国、地狱及其奇迹》（一七五八年阿姆斯特丹出版）中，他对此做过详尽说明。布莱克重复过他的话，萧伯纳把这种见解栩栩如生地表现在他的《人与超人》（一九〇三年）第三幕之中，这一幕讲的是约翰·唐纳的梦。据我所知，萧伯纳从未谈到过斯维登堡，我们可以设想他是受了布莱克的启发写出这一幕的，因为萧伯纳经常提到布莱克，并且很尊重他。另一种并非不可能的设想，是他们不谋而合，萧伯纳自己达到了同样的认识。

但丁在写给斯卡拉家族坎格兰代一世的一封著名书信中指出，他的《神曲》像《圣经》一样，可以用四种不同的方式阅读，按字面意义阅读只是其中一种。读者在欣赏对仗工整的诗句的同时，还会得到不可磨灭的印象，那就是：地狱的九个圈，炼狱的九层台和天堂的九重天，正对应三种部门：惩罚部门、赎罪部门和奖赏部门。像让你们心中满怀希望[1]这样一些段落，更加增强了这种区域划分的概念，是艺术地增强的。这一点正与斯维登堡所讲的世外归宿不同。在他的教义中天堂和地狱不是地方，尽管人死后灵魂所去的，或者说是所创造的天堂或地狱，在灵魂看来似乎是位于空间。其实那只是灵魂所处的环境，是由生前的一切所决定的。谁也没有被禁止进入天堂，也没有注定要进地狱。可以这样说，两者的门都是开着的。死了的人不知道自己已经死了；在一段

1　原文为意大利文。

时间里，周围还会投射出他们原来所习惯的环境和周围人们的幻影。[1] 这段时间结束后，才会有陌生人来接近他。如果死者是个坏人，那么他喜欢魔鬼的面目和与魔鬼交往，很快就加入了他们。如果是个好人，他会选择天使。在升入天国的人看来，妖魔的领域到处是沼泽、洞穴、烧剩下的茅屋、残垣断壁、妓院和酒馆。被罚入地狱者没有面孔，或者面孔残破不全，凶神恶煞，但是他们还自认为很漂亮。他们把使用暴力互相仇恨看成是快乐。他们投身政治（是最最南美意义上的政治），也就是说，成天搞阴谋，撒谎和把自己的意志强加于他人。斯维登堡讲，有一束天国的光落到地狱的底部；被罚入地狱的那些家伙认为那是一股臭气，是流着脓的溃疡，是黑暗。

地狱是天堂的反面。这个不折不扣的反面，对造物的平衡来说是必需的。上帝管理天堂，也管理地狱。人们应该能够自由地在源自天堂的善和来自地狱的恶之间随时做出选择，这两个领域的平衡恰是体现自由意志所要求的。一个人每天

---

1 英国民间有一种迷信说法，说是人死后不知道自己已经死了。要到照镜子时发现镜子照不出自己时才知道是死了。——原注

每时每刻的表现，不是在为自己的彻底毁灭创造条件，就是在为自己的灵魂得救而努力。我们现在是什么，死后还会是什么。人到临终时感到害怕和羞愧，往往表现出惊慌或惊骇，全都无济于事。

不管我们是否相信人死后灵魂可以永生，无可否认的是，斯维登堡的教义，比起在最后时刻几乎全凭运气得到的神秘礼物，要更为道德，更有道理。首先，它是引导我们过讲究道德的生活。

斯维登堡看到的天堂是由无数层天构成的。每层天都由无数的天神构成，每一位天神又都独自是一个天堂。他们都热爱上帝，热爱他人。天堂（以及每层天）一般的样子，就是一个人的样子，也可以说，就是天神的样子。因为天神并不是别的什么，天神和魔鬼一样都是人，是死后进入天神区域或魔鬼区域的人。有个有趣的现象，它暗示着第四维的存在。亨利·穆尔早就设想过：天神不管待在什么地方，总是面对着上帝。在灵界，太阳是能够看得到的上帝的形象。空间和时间实际上不存在；如果一个人想念另一个人，那个人立马就在他身边了。天神和人交谈用的是一字一句讲出来的词语，能说也能听。那种语言是天生就会的，不用学，并且通行于所有的天神区域。写字的本领，天堂里也有。斯维登堡就曾不止一次地收到过神界的通告，像是手写的，也像印刷的，但是他未能全部解译出来，因为上帝喜欢以口头方式面授机宜。所有的孩子，不管有没有接受洗礼，不管他们父母信奉何种宗教，都要去天堂接受天神的教育。财富、幸福、奢华和世俗生活都不是进入天堂的障碍；贫穷不算是美德，不幸也不是。最重要的，是要有一颗善良的心和爱上帝，而不是那些外在的情况。我们已经看到那位隐居者的情形，他遁世苦苦修炼，结果却不能适应天堂的生活，不得不放弃他本应享受的天堂之乐。斯维登堡在一七六八年出版的《夫妻之爱篇》中说，在世上，夫妇之间总是不够完美，因为男人太理智，女人多意愿。而在天上，相爱的男女将合为一个天神。

神学家圣约翰在《圣经·新约》的《启示录》[1]中，曾提到天上的耶路撒冷；斯维登堡把这个思想扩展到了其他大城

---

1 《圣经·新约·启示录》第一章第一至二节里说上帝"差遣使者，晓谕他的仆人约翰。约翰便将上帝的道，和耶稣基督的见证，凡自己所看见的，都证明出来"。

市。他在《真正的基督教》（一七七一年）中说，世外有两个伦敦。人们死后不会丢失自己的性格。英国人将保留着他内心的智慧之光和对权威的尊重；荷兰人继续做他的买卖；德国人不管走到哪儿总是夹着他的书籍，你要问他点什么，他总要先查查相关的书本才回答你。穆斯林的情况最有意思。在他们的灵魂中，穆罕默德和宗教是纠缠在一起的。上帝给他们配备一个天神扮做穆罕默德，向他们传教。这个天神并不总是同一个人。有一回，真的穆罕默德出现在众信徒面前，说了一句话："我是你们的穆罕默德。"他刚说完浑身上下就都黑了，又掉到下面去了。

灵界没有伪君子；谁是什么就是什么。有一个恶鬼托付斯维登堡写上这样一笔：魔鬼以私通、盗窃、诈骗、撒谎为快事，还喜欢粪便和死人的臭味。我长话短说，有兴趣的读者可以看一看《上帝的智慧》（一七六四年）那卷的最后一页。

斯维登堡和别的自称能见鬼神的人不同，他描绘天堂比描绘尘世还要精确。他所描述的形式、物品、雕塑和色彩都更为复杂和生动。

对《福音书》来说，拯救灵魂是一个道德过程。为人正直是最根本的，也很看重卑微、清贫和不幸。在为人正直这项要求之外，斯维登堡又加上另一条：要聪明。这一条是以前任何神学家都不曾提到过的。这里，我们还要提提那位禁欲主义的苦行僧，他不得不承认他不配与天神进行神学谈话。（斯维登堡所说的无数层天充满着爱和神学。）布莱克说过："傻瓜再圣洁也进不了天国"，"脱去你们圣洁的外衣，穿上智慧的行头吧"。他说这话，只不过是以简洁讽文的形式表达了斯维登堡的深刻思想。布莱克还进一步指出，光是聪明和正直是不够的，拯救一个人还需要第三个条件：成为艺术家。耶稣基督就是艺术家，因为他教育人们是用寓言故事和比喻，而不是靠抽象的说理。

我还想谈一下关于对应意义的说法，要不要谈这个问题我本有些犹豫，我想多少勾勒一个轮廓吧，哪怕不够全面，有点粗浅呢。因为在很多人看来，对应意义是我们所进行的这个话题的核心。中世纪时，人们认为上帝写了两部书：一部叫《圣经》，一部被称为天地万物。解释这两部书就成了我们的责任。斯维登堡就是从注释《圣经》开始的（对此我有怀疑）。他认为《圣经》的每个词都有神圣意义，他甚至编了一份庞大的关于暗含意义的词汇表。比如，石头代表尘世的真理，宝石代表灵界的真理；星星代表神界的知识；马代表对《圣经》的正面理解，但也表示出于诡辩对《圣经》的曲解；憎恶毁灭代表三圣一体；深渊代表上帝或地狱，等等。（有兴趣研究这个问题者，可翻阅一九六二年出版的《对应意义词典》，该词典分析了《圣经》里的五千多个词语。）斯维登堡大概就是从解读《圣经》，转而解读天地万物和我们人类的。天上的太阳是灵界太阳的反射，而灵界的太阳又是上帝的形象；世上没有哪个生灵不是在神的不断启示下而生存的。德·昆西读过斯维登堡的著作，后来他写道：小事是大事的镜子，神秘的镜子。卡莱尔说，宇宙的历史是一篇我们应该不断阅读和书写的文章，这文章也写上了我们自己。我们自己就是神界密写体系里的密码和符号，它的真实意义我们并不晓得，这种叫人无法平静的猜想，在莱昂·布洛瓦的著作中比比皆是，喀巴拉派神秘主义者早就提到这个密写体系。

谈论对应意义这种理论，令我提到希伯来人对《圣经》的神秘解释"喀巴拉"。据我的了解和记忆，到目前为止还没有人研究过其中的类同问题。《圣经》的第一章上讲，上帝按照自己的模样创造了人。这个说法意味着上帝具有人的形象。中世纪的喀巴拉派神秘主义者编辑了一本书，叫《创世之书》，他们宣称十个溢出阶段，或曰"数"，源自无法描述的神，可以把它想象为一种树的样子，或一种人（初始人，也就是亚当）的样子。如果说一切东西都在上帝那里，那么，一切东西也都在人这里，人是上帝在世上的反映。这样一来，斯维登堡和喀巴拉派神秘主义者都得出了微观宇宙的概念，也就是把人看做是宇宙的镜子和简缩这样一种认识。照斯维登堡的说法，地狱和天堂就在人身上，人还包括行星、山川、海洋、大陆、矿物、树木、花草、蔬藜、动物、爬虫、鸟类、鱼虾、工具、城市和建筑。

一七五八年，斯维登堡宣布他在前一年曾看到最后的审判，地点在灵界，时间恰在所有的宗教信仰泯灭的那天。罗马教会正是在信仰开始走下坡路的时候成立的。路德倡导的和威克里夫曾设想过的改革都是不完善的，多少带有异端色彩。另一个最后的审判，则发生在每个人死亡的时刻，那是他一生的总结。

斯维登堡一七七二年三月二十九日死于伦敦。伦敦是他非常喜爱的城市，也是上帝交代给他使命的地方，那使命使他一夜之间成为世上独一无二的人。他最后一段日子留下一些物证：一件旧的黑色天鹅绒外套，一把柄部样式很怪的剑。他生活简朴，一日三餐就是咖啡、牛奶和面包。仆人不分昼夜随时都听到他在屋中来回走动，一边走动一边同他的天神谈话。

一九六几年我写了下面这首十四行诗：

斯维登堡

那人比别人高出一头，

在芸芸众生中间行走；

他几乎没有呼唤

天使们隐秘的名字。

他望着世人看不见的事物：

火红的几何学，

上帝的水晶宫殿，

地狱欢乐的漩涡。

他知道天国和地狱

及其神话并存于你的灵魂；

他像那个希腊人一样，

知道岁月是永恒的反映。

他用枯燥的拉丁文记下

没有原因和时间的最后事物。[1]

斯维登堡《神秘主义著作》，博尔赫斯作序，纽约，

新耶路撒冷教堂

赵士钰　译

1　此诗采用王永年先生的译文。

保尔·瓦莱里《海滨墓园》

　　没有什么像翻译提出的问题那样与文学以及它朴素的奥秘同质。直接写作注意的是防止逐步发展起来的忘性和虚荣，是担心会吐露出某些我们误以为是大家共同的思想过程，是如何保留一块无法探知的最核心的隐秘领地，使之不被触及。而翻译正相反，似乎是以充分展示美学争论为己任。它临摹的对象是一篇看得见的文字，不是塞满报废方案的无法摸透的迷宫，也不是可敬的一时冲动搞出来的急就篇。罗素认为外界事物就像一个放射型圆形体系，它能给予我们各种可能的印象。一篇文字也是这样，因为语言这个东西可以产生无法估量的反响。文字的内容在经历种种颠簸之后，会在它的译文中留存下来，不完全但可以很精美。从查普曼到马尼安，

《伊利亚特》有那么多的译本，不正是反映了对一个生动的事实不同角度的观察吗？不就是在省略什么和强调什么之间长期进行的一种试探性的摸彩吗？其实，并不一定要变换语言；这样有意地转换着眼点，在同一篇文学作品中也是可以做的。认定了对于构成成分的重新安排就一定比原来的安排差，就等于是认定了第九稿一定比第 H 稿差——因为说到底都是稿子。"定稿"的概念只能属于宗教，要么就是因为改烦了。

认为译文就一定差是一种迷信，是由一句众所周知的意大利名言给敲定的，这种想法并非源自自身的经验。任何一篇文字，如果我们写的次数不够的话，它不会自然而然就成为好文章。大家知道，休谟曾想把事情不变的先后顺序与因果关系这个概念等同起来。[1]一部不怎么样的影片，我们第二次看的时候，多多少少就会觉得好一些，这已成了定律。对于那些好书，我们第一次接触就已经是第二次了，因为我们是在知道它们之后才去读的。要反复阅读经典作品，这种尽人皆知的警句，正出自朴素的真实。《堂吉诃德》是这样开

---

[1] 公鸡在阿拉伯语里有另一个名称，叫"黎明之父"，就好像黎明是公鸡打鸣打出来的。——原注

篇的：

> 不久以前，在拉曼却地区的某个村镇，地名我就不
> 提了，住着一位绅士。这种人家通常都有一支竖在木架
> 子上的长矛，一面古盾牌，一匹干瘦的劣马和一只猎狗。

我不知道，这样的信息对于不偏不倚的神灵来说是否就一定
好；我只知道，任何一点改动都是亵渎神明的，而且我也想象
不出《堂吉诃德》能有另一种开篇法。我认为塞万提斯是摈弃
了这小小的迷信，或许他根本就没有把这段话看得那么重。而
在我们来说，我们却不能不抨击任何一点背离。尽管如此，我
还是要请地道的南美读者——我的同胞，我的兄弟[1]——反复
诵读内斯托尔·伊瓦拉的西班牙文原诗第五节的这句话：

> La pérdida en rumor de la ribera
> （消失在岸边的嘈杂声中）

1　原文为法文。

来体会一下他这句诗多么难以捉摸，再看一下瓦莱里模仿的这句话：

Le changement des rives en rumeur
（河两岸在嘈杂声中的变化）

就会发现他并没有准确地传达出拉丁文化的全部味道。要是出于好心不这样提出问题，那就等于为了维护瓦莱里而背弃瓦莱里的思想，瓦莱里也是个凡人。

《海滨墓园》的三个西班牙文译本中，只有这个译本做到了像原诗一样韵律严整。除了有点过多使用（瓦莱里本人也未回避的）倒置法之外，这个译文成功地做到了与卓越的原作对等。我想复述一下它的倒数第二节，这节处理得相当好：

Sí! Delirante mar, piel de pantera,
pelpo que una miríade agujera
de imágenes del sol, hidra infinita

que de su carne azul se embriaga y pierde,

y que la cola espléndida se muerde

en un tumulto que al silencio imita!

（是的！哗哗翻腾的大海，有如斑驳的豹皮

就像宽大的罩衫被七头蛇一块块洞穿，

每个洞孔都闪现着太阳的光线，

蛇怪沉醉于蔚蓝的大海，

在一场貌似平静实为混乱当中，

咬着了自己绚丽的尾巴！）

从词源上讲，imágenes（形象）相当于 idoles；espléndida（绚丽）相当于 étincelante。

现在谈谈这首诗。看来，为它喝彩，那是做无用功；硬说它有缺欠，又对不住它，或者说是有点乱来。不过，有一点我不能不认为是这块硕大钻石上的瑕疵，所以即便冒点风险，我还是要讲出来。我指的是那些小说似的插入语。诗的结尾处，画蛇添足地加了些关于周围情景细节的描写——舞台场景式的及时刮起的风，被风搅得到处飞舞的树叶，对海浪的诅咒，鸡啄食般频频点头的三角帆，以及那本书——其目的是要增强真实感，而这是不必要的。戏剧性的独白——像勃朗宁那样的独白，丁尼生的《柱头修士圣西门》那样的独白——需要类似的细节描写，对于令人冥思默祷的《海滨墓园》是不需要的。这类描写历来是用在某种空间，某种天穹之下的某个谈话人。有些人认为这些细节有象征意义。但这种手法，像《李尔王》第三幕中用外面的风暴来拖长国王的训诫癫狂那种手法一样，是脆弱的。

瓦莱里在进行关于死亡的思辨时，似乎曾一度屈尊做出我们可以称之为西班牙式的反应。说是西班牙式的反应，并不是因为它为西班牙所独有——各国文学也都有，而是他写到了西班牙诗歌的唯一主题。

> 被搔痒的姑娘们发出尖叫，
> 眼睛、牙齿、眼睑都湿润了，
> 迷人的胸部拼命地起伏，
> 送上的嘴唇令血液沸腾，

手指挡住了这最后的礼物，

一切都遁入地下，又回复到游戏之中！

但是，说两者一致是不公平的：瓦莱里为失去亲热的性爱场
面感到惋惜；而西班牙人惋惜的，是失去地道的古意大利式
圆形阶梯剧场，失去阿拉贡王子[1]、古希腊标志、阿尔卡萨基
维尔的军队、罗马城墙、玛格丽特[2]王后的坟墓，以及其他纯
粹是官方的美好事物。此外，关于死亡这个主题，第十七节
他用了一个平静的问话，古色古香：

当你们化为一缕青烟冉冉升起时，你们还会歌
唱吗？

这句诗细腻，感人，令人难忘，丝毫不逊于哈德良的：

---

1 指西班牙阿拉贡王国的费尔南多二世，又称大度者费尔南多，1479 至 1516
年在位，他是胡安二世之子。
2 此处可能是指英格兰王后玛格丽特（安茹的），她在玫瑰战争中英勇抗敌，兵
败后被囚禁在伦敦塔四年。

纤细的灵魂，温柔、飘忽的灵魂[1]……

这种思考是每个人都会有的。思辨上的愚昧是我们共同的天性。要是心灵学会的各种想象和三一律的说法值得死去的人关注的话（这可无法证实），那么，文学一定会为失去这种既有趣又极有可塑性的茫无所知的领域而难过，因为那本是我们大有可为的领域。所以，信仰在法学上的确实地位，连同它那不容商量的下地狱、升天堂的说法，与无所忧虑的无神论一样，是和诗歌格格不入的。基督教诗歌就取材于我们不信神这种惊世骇俗的态度，取材于我们希望别人不要不相信这一点的愿望。克洛岱尔、贝洛克、切斯特顿和其他一些活跃的诗人，都对我们的态度表示惊讶。他们用戏剧手法表现他们所想象出的某个奇特的人——比如一个天主教徒——的倒行逆施，直至用一个会说话的鬼怪取而代之。他们自己都是天主教徒，就像黑格尔是绝对唯心主义者一样。他们杜撰关于死亡的故事，认为死亡很神秘，是谜，是深渊。但丁不

1　原文为拉丁文。

知道我们无知，他不得不恪守小说的手法，不超出千奇百怪的命运的范围。他只有一条是不变的，就是总是没有希望，也从不说不。他不懂得适当的犹豫是有益的，没有圣保罗、布朗、惠特曼、波德莱尔、乌纳穆诺、瓦莱里那样的犹豫。

保尔·瓦莱里《海滨墓园》，博尔赫斯作序，希林格出版社，一九三二年，布宜诺斯艾利斯

赵士钰 译

玛丽亚·埃斯特尔·巴斯克斯
《死亡的名称》

谁要是以为在词源上暗藏着什么美妙的道理，那他就大错特错了，因为词作为符号是偶然的和不稳定的。但是，谈谈"讲故事"的"讲"和"数到一千"的"数"这两个词，还是有点意思的。在我所了解的各种语言中，都是用同一个动词，或者来自同一个词根的动词，来表示这两个动作。这个一致性使我们想到这两个过程都发生在时间范畴里，而且是陆续发生的。本世纪的文学往往无视这个不言自明的事实。不管是描述思想状态的，还是谈外观印象的，都给它取个名字叫故事；还故意把眼前的情况跟记忆中的情况混在一起，给读者造成莫大的困惑。他们忘记了笔写的就来自口头讲的，应与口头讲的具有相同的性质。这本书中的故事最明显的优点，就是它们确确实实是故事。

爱伦·坡认为任何故事都应该是为了最后一段，甚至是最后一行而编写的。这个要求可能太夸张了一点；但这是对一个确定的事实的夸张，或者说是把它简单化了。他的意思是说，故事的曲折变化应该由预定的结局来安排。现代的读者不仅是读者，而且是评论家，他们懂得文学技巧，能未卜先知。一个故事应包含两条线索：一条是假的，模模糊糊地存在着；另一条是真的，要保守秘密，到最后再挑明。本书的故事并非侦探故事，也没想写成侦探故事，但侦探类文学作品所特有的严谨、出奇、悬念等对小说的影响，在这些故事中处处可见。

个人身份题材，或者说得更准确一点，个人身份题材的各种写法，成就了本书中最美的几篇故事。其中有两篇（我不具体讲是哪两篇，以免破坏读者的兴味），故事中的"我"是个历史人物；在另一篇中，我们以为我们看到的是一个彻头彻尾的庸俗的家伙，可后来我们发现这种庸俗，正如现实的生意场中屡屡见到的那样，并不排斥暴力和罪过。我提到的这三篇写得非常成功；这是一个关于分身的故事，极其微妙，一面做些暗示，一面又做些掩盖，结果是不到靠近结尾谁也想不到叙事者的秘密身份。到了结尾才一下子揭晓，既让人惊奇，又有必要；整个故事，正如爱伦·坡的美学主张所要求的，一直朝着这个结尾展开。读者往往是把自己等同于书中的主人公，特别是当书中使用第一人称时，更是这样。这种心理使得最后的揭晓带上某种魔幻性质；就好像突然间我们自己被暴露出来，一时间会以为我们自己成了什么著名人物。某些故事的情节似乎要求使用古语，这种古语本来会使故事显得迂腐和生硬，然而却没有造成这种印象。

我与玛丽亚·埃斯特尔·巴斯克斯的交往已经有几年了，她纯朴的友谊令我感到光荣、愉悦，使我觉得又年轻了。这段时间里，我有机会了解到她的文学兴趣广泛而活跃，她的写作触及最最不同的地域和历史时期，并不特别尊崇古代或现代。她这本书在她许多原有的才能之上又增添了新的一笔，它预示着她会有一部诗集问世。我个人近水楼台有幸反复阅读过她的诗作手迹，其中包括一些十四行诗。正如弥尔顿所说，这表明未来几代人是不会甘心忘记这种古体诗的。谁都知道文学是从诗开始的：韵文在先，散文在后；散文搞来搞去又趋向韵文，这是很自然的，有时是不知不觉的，并非特意要这样做。《死亡的名称》这本书中，每一篇故事都或多或少有些诗一类的东西；插入这些诗并不为点明作品的什么主题，或为展开某个争论做铺垫，而是出于心灵上的需要，或者是为了读者的享受。这两个目的，她都圆满地达到了。

《死亡的名称》包括十四个短篇；每篇属于一个主人公，篇篇都不同，但是都是真实的，都符合每个故事的时代背景。

当前的文学创作喜欢写混乱，喜欢冒冒失失地即兴发挥，因为这来得容易。而这本精美感人的书，我们可以肯定地说它是古典式的，同时它也富有激情，富有想象力，具有任何艺术作品所应有的恒久性。

死亡之神日日夜夜在窥伺着人们，方式则无穷无尽。玛丽亚·埃斯特尔·巴斯克斯深刻地感受到死亡这个核心的不解之谜，她的每一篇故事都是对某种方式的一种图解。

玛丽亚·埃斯特尔·巴斯克斯《死亡的名称》，博尔赫斯作序，埃梅塞出版社，一九六四年，布宜诺斯艾利斯

赵士钰　译

沃尔特·惠特曼《草叶集》

任何人，在他读过令他眼花缭乱的《草叶集》之后，再细心研读任何一篇关于作者的传记时，都会感到失望。诗集令他们想象作者应是一位半神半人似的流浪者；但是，人们在发灰的、平凡的生平传记里，找来找去却找不到这样一个流浪诗人。这至少是我个人和我所有朋友的体会。我这篇序言的一个目的就是要解释一下，或者说是，尝试着解释一下这个叫人迷惑的巨大差异。

一八五五年有两部值得记忆的书出现在纽约，它们很不同，但都具实验性质。第一部是朗费罗的《海华沙之歌》[1]，它立马就火了起来，现在已凉了，已退居学院文选之中，供孩子看着玩，或是供学者收藏。朗费罗是打算用英语为原来住在新英格兰地区的红种人写下一篇预言式的神话史诗的。他为了使诗的格律不同一般，让它带上某种土著色彩，参考了伊莱亚斯·兰罗特编写的（或曰恢复的）芬兰史诗《卡勒瓦拉》的韵律。另一部书，当时不为人知，现在却变得不朽了，它就是《草叶集》。

我刚才说这两部书不同。它们确实不同。《海华沙之歌》是一位优秀诗人深思熟虑的作品，他为写作跑遍了大小图书馆，到处踏访，靠耳听笔录，也靠想象力。《草叶集》则是破天荒地推出一位天才。两者的差别如此显著，真难以想象它们会是同时期的作品。然而，有一个事实把它们联系在一起，那就是：它们都是美国史诗。

美国在当时是理想的象征，远近闻名，现在由于滥用选举票箱和蛊惑人心的辞令，已经有点褪色了，尽管数百万人曾经为这个理想奉献出他们的鲜血，并且还在继续奉献着。那时全世界都在注视着美国和美国的"竞技民主"。证据多得不可胜数，我只需用歌德的一句名言（"美国，你的更好一

1　1855年朗费罗发表的四音部扬抑格长篇叙事诗，写印第安人领袖海华沙一生的英雄业绩，是美国文学史上第一部描写印第安人的史诗。

些……")来提醒读者就够了。爱默生差不多一直是惠特曼的老师,在爱默生的影响下,惠特曼肩负起了为美国民主这个新的历史事件撰写一部史诗的任务。我们不应忘记,我们这个时代的第一场革命,引起法国和我们各国革命的第一场革命,是美国革命,而民主就是美国革命的指导思想。

怎样充分地讲述人类这个新的信仰呢?方法明白地摆在那里;换了别的作家,要么图方便,要么是随习惯,几乎谁都会采用。东拼西凑编一支赞歌,或者是寓言故事,加上些"噢""啊"的感叹词和大写字母,就得了。幸好,惠特曼没有这样做。

他认为民主是个新事物,颂扬民主也应采用新方法。

我提到史诗。在年轻的惠特曼所熟悉的,被他称为封建时代的著名的典范史诗中,每篇都有一个中心人物:阿喀琉斯、尤利西斯、埃涅阿斯、罗兰、熙德、齐格弗里德、基督。这个中心人物的形象比其他人物要高大,其他人物都隶属于他。惠特曼觉得这种突出个人的写法属于已经被推翻的,或者说是,我们想推翻的那个世界——贵族世界。他想,我的史诗不能是这样的;它应该是多元的,应该公开宣扬所有的人无可比拟地绝对平等，并以此为基点。这样的要求似乎注定了要导致纷繁的堆砌和混乱；可惠特曼是个真正的天才，他神奇地避开了这种危险。他进行了文学史上从未有过的最大胆、最艰巨的试验，而且成功了。

说到文学创作上的实验，一般是指影响比较大的失败的实践，如像贡戈拉的《孤独》和乔伊斯的作品。惠特曼的实验结果非常成功，使我们忘记了那是一次实验。

惠特曼在他书中的一首诗里提到许多人物，有些还是头上有光环的、杰出的人物，令人想起中世纪的画卷。他说他要画一幅无限长的画卷，画上无数的人物，每个人头上都要带着他的光环。这么雄心勃勃，怎么能做得到呢？惠特曼令人难以置信地做到了。

他像拜伦一样需要一位英雄，但是他的英雄，作为大众民主的象征，必须像会分身的斯宾诺莎的神一样，数不胜数、无处不在。他创造了一个我们还没有完全理解的奇特人物，给他取了个名字叫沃尔特·惠特曼。这个人一身二形；他是生于长岛的普通记者沃尔特·惠特曼，走在曼哈顿大街上会有某个来去匆匆的朋友跟他打招呼；同时他又是另一个他曾想当而未当成的人，一个冷漠、敢干、无所顾忌、闯荡过美国各地的风流人物。这样一来，在书中某些地方，惠特曼出生在长岛；在另一些地方，他又出生在南方。在最为真实的《自我之歌》中，他讲述了墨西哥战争中的一段英雄事迹，他说他是在得克萨斯州听人家讲的，可他又从未到过那里。他还宣称他曾亲眼目睹处决废奴主义者约翰·布朗的场面。这样的例子不胜枚举：几乎没有哪一页，他没把真实的惠特曼，和他曾想成为、现在在想象中，在对世世代代人们的热爱中已经成为的惠特曼，混在一起。

惠特曼已成为多元的；作者决心使他成为一个无限人物。他还要给《草叶集》的主人公再增添一个身份，从而变得三位一体，这第三个身份就是读者，一个不断变换的读者。读者总是倾向于将自己等同于作品的主人公，读《麦克白》，在一定意义上说，就是要当一回麦克白。雨果有一本书，题目就叫《雨果生活的见证人讲述雨果》。据我们所知，惠特曼是把这种暂时的等同利用到极致，利用到永无完结的复杂的极致的第一人。一开始，他运用对话：读者同诗人交谈，问他听到些什么，看到些什么，或者是向他倾诉未能早些认识他、爱他，心里有多么难过。惠特曼对读者问题的回答是：

我看到高乔人越过平川，

看到举世无双的骑手驰骋草原，

他手执套索紧紧追赶，不容野马逃窜。

还有：

这些思想并非我个人独出心裁，

它们实际上为一切人所共有，不分国家和时代。

要不为你我所共有，那它们就要淘汰，或者近乎淘汰；

如果它们不是谜与谜底，那它们就得淘汰；

倘若不是既近又远，那它们必定淘汰。

它们像草，哪儿有土有水，就会长起来，

它们是大家共有的空气，把我们的星球覆盖。

摹拟惠特曼语气的，大有人在，也各有千秋，像桑德堡[1]、马

1　Carl Sandburg (1878—1967)，美国诗人，小说家，在诗歌创作的形式和风格上都继承惠特曼的传统。

斯特斯[1]、马雅可夫斯基、聂鲁达等，都曾这样做过。但是，除了确实解不开、读不懂的《芬尼根的守灵夜》的作者[2]外，谁也没再去尝试创造一个多元人物。我再说一遍，惠特曼是生活于一八一九年到一八九二年间的一个普通人，又是那个他想当却未当成的人，也是我们和将要来到世上的人们中间的每一个人。

惠特曼史诗中的主人公是个三重身份的惠特曼——这是我的一个想法，我这样设想并不是自不量力地试图抹杀，或者以某种方式削弱他的作品的神奇之处。恰恰相反，是要升华它。设计一个双重、三重，直至无限重身份的人物，只能是真正的天才文学家的雄心；实现这个雄心，是惠特曼成就的伟业，而且至今尚无人企及。在一次咖啡俱乐部关于艺术沿革史的辩论中，人们提到教育、民族、环境等对艺术的影响，而画家惠斯勒只说了一句：艺术是偶然发生的，这等于承认美学实践从本质上说是不可解释的。希伯来人就是这样

---

1 Edgar Lee Masters（1869—1950），美国诗人，第一次大战期间和桑德堡等中西部诗人，继承惠特曼遗风，反对庞德、托·斯·艾略特等人掀起的欧化诗风。
2 指爱尔兰小说家詹姆斯·乔伊斯。

想的，他们讲神灵天助；古希腊人也这样想，他们说是文艺女神缪斯使然。

至于说到我的译文……正如瓦莱里所说的，谁也没有比一件成品的制作者本人更深刻地了解该成品的欠缺。商业炒作总是宣称，新的译者已经把以前那些不称职的译者远远地抛在了后头，我可不敢说我的译文一定就比别人的好。而且我不曾无视它们的存在；我参考了弗朗西斯科·亚历山大的译本（基多，一九五六年），而且获益匪浅。我至今仍觉得他的译本是最好的，虽然他有时过于直译了一点，其原因可能是出于尊重原作，也有可能是由于过分依从英－西词典。

惠特曼的语言是现代语言；要过上数百年才会成为死语言。到了那时，我们就可以对惠特曼的作品自由自在地进行翻译和再创作了，就像豪雷吉翻译《法萨利亚》，查普曼、蒲柏和劳伦斯翻译《奥德赛》那样。在那一天到来之前，我看唯一的可能就是像我现在这样，采取一种介于个人的解译和勉为其难的硬译之间的译法。

有件往事令我稍感心安。记得许多年前看过一次《麦克白》的演出，无论是对白的译文，还是演员的表演和那糊涂乱抹的舞台，都够差劲的；尽管如此，当我离开剧场来到大街上时，依然唏嘘不已。是莎士比亚打下了基础；惠特曼也会是这样的。

惠特曼《草叶集》（选集），博尔赫斯翻译并作序，华雷斯出版社，一九六九年，布宜诺斯艾利斯

赵士钰　译

JORGE LUIS BORGES

Prólogos con un prólogo de prólogos

Copyright © 1996 by María Kodama

All rights reserved

图字: 09-2010-614号